*Aux nombreux fous rires, aux escapades et
aux soirées au coin du feu qui ont agrémenté
mon été 2002. Merci à mes ami(e)s qui en ont
fait partie. J'en garde d'excellents souvenirs.*

JEUNESSE

Des vacances à temps partiel

Des vacances à temps partiel

ÉLYSE POUDRIER

QUÉBEC AMÉRIQUE JEUNESSE

Données de catalogage avant publication (Canada)

Élyse Poudrier
    Des vacances à temps partiel
    (Titan jeunesse : 52)
    ISBN 2-7644-0229-5
    I. Titre. II. Collection.
    PS8581.O836D47 2003   jC843'6   C2003-940270-3
    PS9581.O836D47 2003
    PZ23.P68De 2003

Nous reconnaissons l'aide financière du gouvernement du Canada par l'entremise du Programme d'aide au développement de l'industrie de l'édition (PADIÉ) pour nos activités d'édition.

Gouvernement du Québec – Programme de crédit d'impôt pour l'édition de livres – Gestion SODEC.

Le Conseil des Arts | The Canada Council
du Canada | for the Arts

Les Éditions Québec Amérique bénéficient du programme de subvention globale du Conseil des Arts du Canada. Elles reçoivent aussi l'appui financier de la SODEC, qu'elles remercient.

Québec Amérique
329, rue de la Commune Ouest, 3ᵉ étage
Montréal (Québec) H2Y 2E1
Téléphone : (514) 499-3000, télécopieur : (514) 499-3010

Dépôt légal : 1ᵉʳ trimestre 2003
Bibliothèque nationale du Québec
Bibliothèque nationale du Canada

Révision linguistique : Monique Thouin
Mise en pages : Andréa Joseph [PageXpress]

« Il était clair que je me trouvais dans un pays qui n'était sur aucune carte. Et ça, c'était aussi terrifiant que de rencontrer un homme sans visage. »

Jostein Gaarder
Le Mystère de la patience

Chapitre 1

Je déteste l'été.

Il fait toujours chaud sans bon sang, les vêtements nous collent à la peau, notre système de transpiration fonctionne à pleine capacité, partout où l'on va, ça pue la crème solaire à la noix de coco et, martyre des martyres, on a deux longs mois devant nous à se tourner les pouces et à se demander quoi faire pour alimenter notre routine quotidienne.

Si Monsieur Martineau ne m'avait pas engagée pour un autre été en tant que gardienne officielle de Loïc, je crois que je me serais expédiée au pôle Nord. Non, sérieusement, s'il y avait une saison à bannir du grand cycle de la nature, je me débarrasserais volontiers de cette longue et pénible période estivale. Si je pouvais, je la lancerais au bout de mes bras, je l'offrirais en cadeau à la Sibérie ou je changerais de planète lorsque cette engeance se pointe le bout du nez.

C'est une saison juste bonne à faire naître des foutus complexes. Regarder déambuler devant toi des filles tout droit sorties des magazines de mode, au bronzage parfait et au bikini ajusté, ça te donne juste envie de déguerpir de la piscine municipale. Et chanceuse comme je suis, c'est le lieu public que vénère Loïc. Alors devinez où je passe mes journées ?...

Heureusement, il y a mes romans pour me tenir compagnie. L'été, dans mon cas, ne serait rien d'autre qu'une longue période d'hibernation si je n'avais pas des tonnes et des tonnes de livres à me mettre sous la dent. La lecture, c'est ma drogue, mon oxygène. J'en ai besoin comme le fumeur de sa nicotine. S'ils n'existaient pas, je n'existerais sans doute pas non plus.

Loïc trouve que je leur consacre trop de temps, mais il va sans doute comprendre plus tard. Pour l'instant, il préférerait que je m'amuse avec lui dans l'eau, mais c'est contre mes principes. Il n'est absolument pas question que je montre mes beaux atouts à tout le monde. Les maillots de bain, très peu pour moi ! J'ai l'impression d'être nue quand j'en porte un. On dirait une deuxième peau. Je pourrais ne pas en porter et ça ferait aussi bien l'affaire. Et comme je ne suis pas exhibitionniste, je préfère encore mieux ne pas du tout me baigner. Du moins, pas en public.

Alors, pendant que Loïc se prélasse dans l'eau, moi, je dévore mes histoires, assise sagement au pied du grand chêne. C'est le seul arbre assez courageux pour faire de l'ombre aux baigneurs, d'ailleurs. Les petits arbustes qui bordent la piscine ont l'air insignifiants à ses côtés.

— Nouk ! regarde-moi !

J'ai la tête ailleurs et j'en perds la notion du temps et de l'espace. Je plisse les yeux et scrute la piscine en tentant de repérer l'endroit d'où me provient la voix. Du haut du plus grand tremplin, un petit bonhomme roux me fait de grands signes de la main.

— Regarde ! Je suis capable de sauter !

Le gamin prend un grand élan avant de se précipiter dans le vide, puis ses bras battent l'air quelques instants avant de toucher l'eau. Lorsque sa tête émerge enfin, après d'interminables secondes, un énorme sourire lui barre la figure jusqu'aux oreilles.

— T'as vu ? J'ai réussi !

Je le gratifie d'un sourire et je lève mes deux pouces vers le haut, en signe de victoire.

Depuis le début de l'été, Loïc livre un combat psychologique au grand tremplin de la piscine municipale. Il le reluquait avec envie et appréhension, mais sa crainte de se ridiculiser devant les autres baigneurs s'il ne trouvait pas le courage de sauter l'empêchait d'en gravir les échelons.

Pendant qu'il se hisse hors de l'eau, j'en profite pour mettre de l'ordre dans mon sac à dos et en sortir la serviette de plage. Encore ébahi par son exploit, Loïc accourt vers moi la bouche grande ouverte. Un sifflement strident retentit au moment où il atteint le coin de la piscine, puis la voix sévère d'un sauveteur se fait entendre :

— Hé, p'tit homme ! si je te reprends à courir ici, je devrai t'expulser de la piscine. Compris ?

Loïc baisse la tête sous l'avertissement et ses joues rougissent de honte. Il s'applique à ralentir pour les quelques pas qu'il lui reste à faire avant de s'asseoir discrètement à mes côtés.

— Ça va ?

Pour toute réponse, Loïc me fait un timide hochement de tête. Son sourire a disparu et ses yeux s'emplissent de larmes. Je peste intérieurement contre le maître nageur qui l'a rabaissé devant tous les autres baigneurs. Quel imbécile, lui! Il aurait pu utiliser un autre ton pour l'avertir! Le message aurait été aussi clair. Je tourne la tête vers la chaise haute sur le bord de la piscine et jette un regard noir à celui qui en a fait son trône. Torse nu et chapeau Gilligan en guise de couronne, le roi de la piscine s'amuse à enrouler et à dérouler la corde de son sifflet autour de son doigt, scrutant les eaux tumultueuses de son royaume d'un air absent.

Beau job pareil! Lorgner les filles en bikini toute la journée, se faire dorer au soleil et sermonner les baigneurs de temps en temps. Pas trop forçant, j'espère?

Je déplie la serviette d'un mouvement irrité et l'étends sur les épaules de Loïc qui frissonne. J'en profite pour le frictionner un peu et lui ébouriffer les cheveux qui dégoulinent sur son front. Agacé par mon geste qui se voulait réconfortant, Loïc repousse ma main sèchement et resserre la serviette sous son menton. Devinant que son bonheur d'avoir réussi à sauter pour la première fois du haut du tremplin a été gâché par l'intervention de cet imbécile de sauveteur, j'essaie de compatir à sa cause :

— Tu sais quoi ? Je suis persuadée que Gilligan a été impressionné de voir qu'un petit bonhomme de huit ans comme toi était assez courageux pour sauter du haut du plus grand tremplin de la piscine.

— C'est pour ça qu'il m'a rabaissé devant tout le monde d'abord ?

— Il était jaloux parce que lui, il est incapable de réaliser une telle performance : il a trop peur.

— Je ne te crois même pas !

— Je te dis, c'est vrai. Et lorsqu'il s'est aperçu qu'il y avait une multitude d'admiratrices qui te regardaient, il a vu rouge et il t'a disputé pour se sentir supérieur à toi. Mais toi et moi, on sait que ça ne t'a même pas fait un pli sur le nombril, pas vrai ?

— En tout cas, moi je retourne pus jamais me baigner !

— Si tu n'y retournes pas, c'est comme si tu lui montrais qu'il avait réussi à te ridiculiser. Et en plus, tu risques de décevoir la petite fille en maillot jaune là-bas qui n'arrête pas de regarder dans ta direction depuis tantôt. Moi, je pense qu'elle t'aime bien.

— Je m'en fous! Les filles de mon âge sont toutes pas belles et elles «risent» pour un rien!

Après un moment de silence, il ajoute, d'une voix à peine audible :

— Moi, plus tard, je vais me marier avec toi...

— Avec moi?

Je ne peux m'empêcher de rire!

— Mais t'imagines l'âge que je vais avoir quand tu vas être grand? Je vais être vieille et je vais commencer à perdre mes dents. Je ne vais pas être très belle à voir!

— T'as juste à pas vieillir. Dans dix ans, je vais avoir ton âge. On va pouvoir se marier après.

Loïc me regarde avec des yeux suppliants, comme s'il me demandait la chose la plus bébé-fafa à réaliser au monde. Sa naïveté me touche en plein cœur et j'ai envie d'arrêter le temps pour qu'il conserve cette candeur le plus longtemps possible. Pour lui, rien n'est compliqué : un coup de baguette magique et le tour est joué! Je ne tiens pas du tout à jouer le rôle de la personne qui devra lui expliquer que la fontaine de Jouvence n'est qu'un mythe parmi tant d'autres.

— Tu penses ça, toi ?

Puis, tout à coup, une idée me traverse l'esprit.

— Moi, je marie juste les braves. Ceux qui sont capables de marcher la tête haute même lorsqu'ils viennent d'être insultés par quelqu'un qui se croyait meilleur qu'eux…

— J'étais pas insulté ! Je sais que je suis meilleur que lui.

— Ah oui ? Ça ne paraissait pas…

Je laisse s'écouler quelques secondes, question de voir si ma riposte remue une corde sensible chez mon jeune interlocuteur. Loïc ne tarde pas à répliquer :

— Tu vas voir. D'ici la fin de l'été, je vais être capable de tenir plus d'une minute la tête sous l'eau. Pis là, tu vas savoir que je suis plus bon que… Comment tu l'as appelé tantôt ?

— Gilligan.

— C'est ça, Gilligan. Je vais être meilleur que lui.

Amusée par ses dernières paroles, je regarde Loïc, sérieux comme un pape, se lever et se diriger vers son pire ennemi. Une fois à ses côtés, il attend que le roi daigne lui adresser un regard pour lui esquisser sa plus belle grimace, puis sauter à l'eau... sans omettre de l'éclabousser au passage !

C'est un à zéro pour mon petit prince ! Finalement, l'été ne s'annonce pas aussi décevant qu'il en avait l'air.

Chapitre 2

Pourquoi c'est si compliqué avoir une blonde ?

J'étais bien, moi, avant. J'étais seul, j'étais libre, je faisais ce que je voulais de mes vendredi soirs et paf ! ça m'est tombé dessus sans avertir. Elle est venue chambouler mon existence…

Au début, quand je sortais avec Mély, ça me plaisait. On avait des affinités : on travaillait au même endroit durant l'été, on avait plein d'amis en commun, on aimait les mêmes genres de films… Quel gars ne serait pas heureux de sortir avec elle ? C'est la fille parfaite ! Physiquement, c'est la plus belle. Et elle sait s'y prendre pour faire fondre un gars. Il n'y a aucun doute là-dessus ! Personne ne pourrait rester insensible à ses charmes, pas même une statue de pierre ! Notre couple fait baver d'envie tout le monde au travail. Pendant un temps, c'est une sensation qui peut être assez agréable, je l'admets.

Dès le début, je ne voulais rien de sérieux. Ça, c'était clair dans ma tête. Puis Mély s'est incrustée petit à petit dans ma routine, dans mon emploi du temps, dans mes pensées. Son jeu était remarquablement subtil. Je m'y suis fait prendre comme un idiot. À vrai dire, je me suis aperçu que je sortais officiellement avec elle lorsque, il y a deux ans, Bajou nous a invités, moi et ma « blonde », au souper des employés... Mon meilleur ami s'est rendu compte avant moi que j'étais le nouveau petit copain de Mély. (Je faisais quoi pendant qu'ils concoctaient ça dans mon dos ?)

Mély me reproche toujours de ne pas assez m'engager dans notre relation. Elle dit qu'elle m'aime plus que moi je l'aime et que ce n'est pas normal, qu'on devrait s'aimer également. C'est peut-être une théorie qui convient aux autres, mais elle ne s'applique pas à notre couple. Pourtant, je fais des efforts pour essayer de combler ses besoins et de satisfaire à ses demandes. Ça a l'air que ça ne fonctionne pas trop parce qu'elle s'acharne toujours à essayer de me faire parler. Elle dit que d'extérioriser mes sentiments ça serait bénéfique à notre relation amoureuse. Comme si le problème venait juste de moi.

Ça, c'est une autre affaire qui me fatigue. Quand elle me dit : «Viens, on va en parler», ça me donne encore plus envie de me fermer comme une huître. On ne vient pas avec l'option causante, nous, les gars. Il me semble que ce n'est pas si compliqué à comprendre. Parler juste pour parler, ce n'est pas notre fort. En tout cas, pas le mien.

Mély veut s'investir de plus en plus dans notre relation et je ne suis pas certain de vouloir la suivre dans cette voie-là. Depuis qu'elle parle de partir en appartement avec moi en septembre prochain, un fossé se creuse entre elle et moi. J'ai été tellement surpris quand elle a prononcé nos noms et le mot *appart* dans la même phrase. Ça ne collait pas ensemble. Venant de sa bouche, ça sonnait comme le mot *prison*.

Oui, je veux partir en appartement avant le début du cégep. C'était mon but à moi. C'est la raison pour laquelle je me fends en quatre un dernier été pour un job de misère qui rapporte un salaire de misère. L'été prochain, mon *boss* me reverra plus ici. Partir en appart, c'est un projet à long terme. Ça fait longtemps que j'y pense. Avant même de sortir avec Mély. Mais ce n'est pas notre projet, c'est le mien !

Pour l'instant, j'ai envie de voir autre chose, d'essayer une nouvelle vie. J'ai surtout besoin de faire le point, de me retrouver, d'être en tête-à-tête avec moi-même. J'ai dix-neuf ans et je ne sais pas encore ce que je veux faire de mes dix doigts. Bajou entre à l'UQAM en communication l'automne prochain. Mon meilleur *chum*, celui avec lequel j'ai fait les quatre cents coups au secondaire, est déjà rendu à cette étape-là dans sa vie. Moi, je tourne encore en rond au cégep. Je me promène d'un programme à l'autre en essayant de trouver mon chemin. Les sciences pures, j'ai décroché au bout de dix-huit jours (bien comptés), les sciences humaines, je trouvais ça trop général et très peu original (il doit bien y avoir la moitié des étudiants du cégep qui étudient en sciences humaines), et puis maintenant je m'accroche à mes cours de base en attendant d'avoir une illumination subite.

— On est parti dans de grandes réflexions, à ce que je vois ?...

Tiens ! parlant de Bajou…

— Ah ! qu'est-ce tu veux ? Les grands esprits, ça passe son temps à réfléchir !

— Ouin… ben, le grand esprit qu'est le tien devrait peut-être faire acte de présence parmi le commun des mortels parce que j'en connais un qui n'a pas l'air de joyeuse humeur et qui regarde dans ta direction depuis un bon moment déjà.

— Et qui est donc ce rival mystérieux qui me lance un regard haineux ?

— En arrière de ton épaule droite, à cinq heures. Il porte des bas blancs dans ses sandales et il les a remontés jusqu'à ses genoux. C'est d'un chic !… Sa casquette des Canadiens est défraîchie sur sa tête et, au risque de porter un jugement qui pourrait éventuellement me coûter cher, elle jure avec le décor. Ça, c'est sans parler de son chandail à l'effigie du camp de jour, qui flotte harmonieusement autour de son corps squelettique. Bref, c'est celui qui renfloue ton compte en banque aux deux semaines.

Pas besoin de me retourner pour savoir de qui Bajou parle. Le tableau qu'il m'a dressé est explicite et même, je dois le reconnaître, d'une exactitude époustouflante. Mon cher patron ne me

porte pas dans son cœur depuis le premier jour où il m'a vu.

— Je vois le portrait d'ici. Je te parie
qu'il est appuyé au cadrage de la porte
des employés. Il en train de mâchouiller
le bout de son stylo pour se donner un
style, tout en lorgnant du côté de la barboteuse parce qu'il est 14 h 20 et que
Mély vient d'y commencer son *shift* et,
comme chaque fois que Mély commence
son *shift*, elle doit être en train de se
badigeonner de crème solaire, ce qui
excite notre petit Georges. Mais comme
il ne veut pas passer pour un voyeur aux
yeux des mamans qui amènent leur
ribambelle d'enfants se baigner dans sa
piscine, il pose son regard sur moi et
semble se demander ce qu'une fille
comme Mély fait avec un emmerdeur
dans mon genre. Est-ce que je me
trompe ?

— Désolé de te décevoir mais, oui,
tu te trompes royalement. Il n'a pas son
air de « Qu'est-ce qu'une fille comme
Mély fait avec un emmerdeur dans son
genre ? » mais plutôt celui de « Comment mettre ce petit emmerdeur dehors
sans perdre aussi Mély ? »

Bajou me gratifie d'un énorme sourire puis me lance en s'éloignant :

— Dans cinq minutes, on fait la rotation. J'ai bien dit cinq minutes, pas quatre ! Pas question que tu profites de ta pause une minute de plus, tu ne le mérites pas !

Je lui lance ma serviette pour le faire taire. Bajou l'attrape au vol et la passe autour de son cou, sans omettre de me tirer la langue au passage.

Ça, c'est du Bajou tout craché. Il est né avec ce don extraordinaire de remettre ses amis sur le piton et ce, en quelques instants. Une boutade, un reproche et le tour est joué. Notre petit entretien m'a revigoré l'esprit et je me sens plus d'attaque, davantage concentré sur mon job.

Parlant de faire mon job…

— Hé, p'tit homme ! si je te reprends à courir ici, je devrai t'expulser de la piscine. Compris ?

Voilà qui devrait satisfaire Georges. Je lui jette un coup d'œil par-dessus mon épaule en espérant qu'il n'a rien perdu de la scène. Il est bien là, appuyé au chambranle, à épier mes moindres gestes. Dire qu'on le paie pour nous surveiller. Ça me dépasse.

Plus que deux minutes avant ma pause. L'air climatisé de la salle de repos

va me faire du bien. Les cris des baigneurs commençaient à m'assourdir. Si
ça continue, je vais finir la journée avec
un de ces maux de tête et Mély va
encore penser que je lui sors des excuses
pour ne pas la voir. À bien y penser, elle
n'aurait pas totalement tort...

Faudrait que je discute de certaines
choses avec elle, c'est vrai. Cette
semaine, je vais lui en parler. Depuis le
temps qu'elle veut que je le fasse...

Voyons, il a mangé de la vache enra-
gée, lui, ou quoi ? Pourquoi il me fait la
grimace ? Ah... Super !... Merci de
m'arroser ! Ça fait toujours plaisir ! C'est
juste que c'est des shorts *Nike* à quatre-
vingt-dix dollars, t'sais ! Z'pèce de...

Chapitre 3

— Vingt et un, vingt-deux, vingt-trois, vingt-qu…

Loïc remonte à la surface de l'eau et aspire l'air à pleins poumons.

— Vingt-trois secondes et demie, mon grand! Y a de quoi être fier! C'est quatre secondes de plus que la dernière fois.

Tout en tâchant de reprendre une respiration normale, mon petit bon-homme lève les yeux vers ma montre. Ce qu'il y voit ne semble pas lui plaire :

— Moi, je voulais tenir plus de trente secondes. Vingt-trois secondes!… Y a juste les pas bons qui font ça…

— Vingt-trois secondes et demie, Loïc. Le « et demie » est important ! C'est avec des « et demie » qu'on fait des secondes, c'est avec des secondes qu'on fait des minutes et c'est avec des minutes qu'on compte le temps. Et comme les grands hommes d'affaires le disent : « Le temps, c'est de l'argent ! »

Loïc s'éloigne du bord de la piscine en prenant soin de me foudroyer du regard. D'accord, mon humour était déplacé, mais Loïc tient tellement à m'impressionner avec ses exploits que ça en devient ridicule. Depuis lundi dernier, le jour J où il a réussi à sauter du haut du tremplin pour la première fois, il passe tout son temps à la piscine municipale à essayer de parvenir à cette nouvelle prouesse. Il en ressort la mine basse et le visage bleu d'avoir gardé son souffle si longtemps.

Pour le moment, je le laisse faire à sa tête. Ça ne me servirait à rien de m'y opposer. Loïc est têtu comme une mule et, même si je lui interdisais de le faire, il trouverait le moyen de demeurer le plus longtemps possible sous l'eau sans que je m'en aperçoive. Alors, aussi bien l'assister dans son projet et veiller à ce qu'il ne lui arrive rien. Et puis, je me dis que cette situation n'est que temporaire et que bientôt il trouvera d'autres occupations plus saines.

Je soupire et me résigne à retourner sous le chêne afin de poursuivre ma lecture. Si Loïc m'en veut, je n'y peux rien. Je lui proposerai d'aller manger une crème glacée tout à l'heure et tout rentrera dans l'ordre. Enfin, je l'espère…

Il m'en fait voir de toutes les couleurs, ce petit bonhomme-là. Ça doit être au moins le cinquième été consécutif que je le garde. Sans compter que son père fait appel à mes services durant l'année scolaire. Je l'ai connu pas plus haut que trois pommes. À l'époque, il avait déjà tout un caractère !

Monsieur Martineau s'est installé dans le quartier avec Loïc lorsque sa femme et lui ont divorcé. Je n'ai jamais connu leur histoire jusque dans les moindres détails et, de toute façon, ça ne me regarde pas, mais je sens que Monsieur Martineau a été profondément blessé. C'est le genre d'homme poli, courtois, discret et qui discute d'absolument tout sauf de ses problèmes personnels. Mais même s'il n'en parle pas, ses soupirs, ses longs moments de réflexion lorsqu'il croit qu'on ne le regarde pas et ses sourires crispés lorsque Loïc parle de sa mère le trahissent. C'est aussi un excellent père qui aurait facilement pu recevoir trois fois la médaille d'or au triathlon de la vie. Loïc est le centre de son univers et, à mon humble avis, c'est assez pour que je lui lève mon chapeau. Il n'est pas comme un certain paternel de ma connaissance qui se contente d'envoyer une carte postale à sa fille durant le temps des fêtes en espérant ainsi lui rappeler qu'elle a un géniteur, quelque part sur la planète, qui pense à elle…

Enfin, bref! Tout ça pour dire que Monsieur Martineau adore son fils et que son fils l'adore. À eux deux, ils forment une famille des plus unies, comme on n'en voit que trop rarement.

Bon, à quelle page j'étais rendue?…

— … alors pourquoi tu m'as menti?

Mon livre ouvert sur les genoux, j'essaie de retrouver le fil de mon histoire sans porter d'attention particulière à la discussion plutôt pimentée qui se déroule dans mon dos.

— Je ne t'ai pas menti, je veux seulement qu'on prenne le temps d'y penser et de…

— J'aurais dû m'en douter! Tu n'es jamais capable de faire un pas en avant sans vouloir reculer par la suite. T'es un pissou! Jamais connu quelqu'un d'aussi peureux que toi!

Je n'écoute pas, je le jure… mais il y a de l'électricité dans l'air, non?

— On ne peut jamais compter sur toi! On te propose un projet, tu dis rien, tu nous laisses le soin de deviner ce que tu en penses, puis tu nous laisses tomber à la dernière minute!

— C'est ça! Encore une fois, tout est de ma faute. Je suis celui qui ne prend jamais ses responsabilités, qui évite les discussions… Je suis un égoïste, un sans-cœur et un vaurien.

— Ça, c'est toi qui l'as dit.

Petite réplique facile…

— Et si on arrêtait de se concentrer uniquement sur moi trente secondes? Il me semble qu'on est deux dans notre couple?

— C'est bon que tu en parles parce que je me posais justement la question. Quand je suis avec toi, t'as toujours l'air parti. On dirait que tu voudrais être ailleurs. T'es là de corps, mais d'esprit… ça, c'est autre chose! Je te parle, mais tu ne m'écoutes pas.

Comme en ce moment…

— Et quand j'essaie de savoir ce qui te passe par la tête, tu t'éloignes encore plus de moi. Je ne te parle pas juste physiquement. Malgré que ces temps-ci notre couple se résume pas mal au physique…

— …

33

— Tu vois ? Tu dis rien !

— Qu'est-ce tu veux que je dise ? Tu me balances mes défauts en pleine face et tu voudrais que…

— Je ne te parle pas juste de ça. Je te demande si c'est rendu juste une attraction de corps, nous deux…

Petit moment de silence. La réplique se fait attendre.

— Faut que j'y aille, je suis déjà en retard.

La tentation est trop forte : il faut que je me retourne pour mettre un visage sur l'imbécile qui sort de pareilles excuses pour ne pas avoir à faire face à la réalité. Tiens, tiens, tiens… si ce n'est pas Gilligan ! Je savais bien que ce gars-là avait tout entre les deux jambes mais rien entre les deux oreilles.

— Je croyais jamais avoir à te dire ça mais, plus je te connais, plus je m'aperçois que t'es le pire salaud de la planète ! Je me demande pourquoi je m'accrochais tant à toi. Tu n'en valais pas la peine.

— Ah, Mély ! *Come on*…

Franchement ! «*Come on !*» J'ai jamais entendu une réplique aussi nulle pour retenir une fille ! Elle fait bien de partir, la Mély. Il ne la mérite pas.

Je la regarde passer devant moi. Ses yeux sont brillants et elle fait de vains efforts pour empêcher ses larmes de couler. Elle s'essuie les yeux rageusement et marche jusqu'à la barboteuse d'un pas rapide.

Ces détails, le Gilligan ne les a sans doute pas remarqués. Il doit être demeuré à la même place, les bras ballants, en train de se demander ce qu'il a fait de mal. J'ai visé juste : il la regarde s'éloigner sans rien faire. Pauvre idiot.

Son regard croise le mien. Pendant quelques secondes, j'ai failli me laisser attendrir. Il paraissait si désemparé, si désespéré… Mais ma fierté féminine a repris le dessus et j'ai tenté de le fusiller de mes yeux. Derrière mes verres fumés, je constate vite que le résultat n'est pas celui escompté car Gilligan se dirige droit vers moi d'un pas furieux.

Arrivé à ma hauteur, il me lance à la figure, d'un ton sarcastique :

— J'espère que le spectacle t'a plu ? Ça t'arrive souvent d'espionner le monde comme ça ? Non, ne réponds pas ! Je ne veux même pas le savoir.

Puis, il me tourne le dos pour continuer son chemin, mais il arrive nez à nez avec un Loïc rouge de colère :

— Qu'est-ce tu veux, toi? Ma photo?

Il n'en faut pas plus pour que Loïc fonce vers lui comme une flèche et lui administre un solide coup de pied à un tibia. Gilligan se retient pour ne pas hurler de douleur. Il agrippe sa jambe gauche d'une main et empoigne fermement le bras de Loïc de l'autre.

— Lâche-moi! Tu me fais mal!

— C'est plutôt toi qui m'as fait mal!

Je réagis enfin :

— Lâche-le! Il est plus petit que toi!

— T'es qui, toi? Sa mère?

— Non, c'est ma gardienne!

Gilligan laisse échapper un rire peu convaincu.

— Ouin… Une gardienne qui ne garde pas trop… Tu sais que je pourrais t'expulser de la piscine pour ce que tu viens de faire?

Loïc blêmit sous l'avertissement. Si son accès à la piscine municipale lui était enlevé, je crois qu'il en mourrait.

— J'ai pas vu où j'allais! Je t'ai foncé dedans, je m'excuse.

— C'est ça, oui! Et moi, je suis Blanche-Neige. À bien y penser, je crois que je vais bel et bien t'expulser. Je te replace maintenant. L'autre jour, c'était toi le gamin qui m'a fait la grimace avant de sauter à l'eau et de m'éclabousser. Je te ferai remarquer que les shorts que je portais cette journée-là valaient quatre-vingt-dix dollars!... ils sont juste bons à être jetés aux poubelles maintenant. Et ça, à cause de toi!

Loïc rougit sous l'accusation. Moi, je n'en crois pas mes oreilles et je ne me gêne pas pour lui répliquer, les bras croisés :

— Hé! le chantage psychologique, ça va faire! Il y a juste les imbéciles pour se payer des shorts perméables à ce prix-là et les porter ensuite en surveillant à la piscine municipale!

Gilligan semble tomber des nues. Loïc a peut-être bien des défauts, mais Gilligan n'a pas le droit de mettre la faute sur son dos. Si ses shorts sont foutus, Loïc n'a rien à voir là-dedans!

Gilligan ne semble guère être du même avis que moi. Furieux, il nous montre du doigt à tour de rôle comme s'il voulait nous jeter un mauvais sort :

— Tous les deux, vous êtes expulsés de la piscine. Et croyez-moi, je vais faire tout ce qui est en mon pouvoir pour m'assurer que vous n'y remettiez plus jamais les pieds.

— Mais…

— Dehors !

Je suis abasourdie.

— Tu ne vas quand même pas mettre un enfant de huit ans dehors sous prétexte qu'il t'a manqué de respect !

— Je te ferai remarquer qu'il m'a aussi délibérément attaqué !

— Il s'est excusé !

— *Just too bad* !

Je m'apprête à protester lorsque je m'aperçois que Gilligan et moi nous donnons en spectacle. Alertés par nos cris, une bande de curieux ont formé un cercle autour de nous et attendent impatiemment de voir qui sortira vivant de cette lutte acharnée. Je suis mal à l'aise. Moi qui déteste attirer les regards, voilà que j'ai la moitié de la ville qui me fixe d'un drôle d'air !

Je serre les dents et les poings !

— Viens-t'en, Loïc. On s'en va.

Gilligan nous regarde ramasser nos affaires les bras croisés. S'il pense s'en tirer ainsi !

— J'ai jamais vu quelqu'un d'aussi borné que toi. T'es peut-être bien un égoïste, un sans-cœur et un vaurien, mais t'es aussi tête de mule, arrogant et méchant. Ne te demande pas pourquoi ta blonde ne veut plus rien savoir de toi. T'as eu que ce que tu méritais !

Et là-dessus, je lui tourne le dos en entraînant Loïc avec moi. Compte sur moi, Gilligan, tu ne nous reverras pas de sitôt !

Chapitre 4

C'est la première fois que je reste bouche bée devant une fille. Et la dernière, je vous le garantis! L'effet produit n'était pas des plus agréables. Surtout devant public. Je lui aurais volontiers répliqué si elle ne s'était pas enfuie en courant. Je ne suis quand même pas aussi démuni en ripostes que ça...

N'en reste pas moins que je me sens comme le plus minable des minables. Après Mély, c'est cette... vipère qui me jette mes défauts en pleine figure. Deux fois dans la même journée, c'est à se demander si le ciel ne m'est pas tombé sur la tête.

Ce matin, en me levant, je me disais : « Mon gars, c'est aujourd'hui que tu parles à ta blonde ». J'ai pris le temps de petit-déjeuner, de boire un café, il faisait un beau soleil dehors. Que demander de plus ? Les circonstances jouaient toutes en ma faveur.

Mais malgré le beau discours que je m'étais préparé, avec Mély, ça ne s'est pas déroulé comme je l'espérais. Je voulais lui faire comprendre mon point de vue, lui exprimer ce que je pensais de ce projet de partir en appartement ensemble. Je voulais lui dire à quel point j'étouffais, que j'avais envie de passer à un autre niveau et de voir autre chose. Elle a tout compris de travers. Comme d'habitude !

Je passe rapidement à côté de la barboteuse. Mély y a repris son poste et, malgré les efforts que je fais pour ne pas la regarder, mes yeux se portent vers elle. Je l'aperçois en grande discussion avec Josée, la grande langue de la piscine. Manquait plus que ça ! D'ici trente minutes, tout le monde au travail sera au courant de notre dispute. Je vais passer pour un salaud aux yeux des copines de Mély et je vais avoir droit à la fausse compassion des gars, qui n'attendaient qu'une altercation de ce genre entre moi et ma blonde pour pouvoir la « consoler » et tâcher de me faire oublier.

Mély s'arrête net de parler lorsque son regard croise le mien. Elle me toise de ses yeux qui lancent des éclairs et me tourne le dos fièrement en balançant sa tresse sur ses épaules. Je soupire. Tant pis !

Je me dirige vers le cabanon des sauveteurs. Je franchis le seuil de la salle des employés et dégage la lourde porte de métal du loquet qui la gardait ouverte, puis je me laisse retomber mollement dessus pour la fermer. Je garde ma tête appuyée sur le métal froid et ferme les yeux quelques secondes. L'attitude de Mély me décourage. Ça ne sert à rien de persister à parler à une fille aussi têtue ! Pour une fois, je consens à mettre en pratique les conseils de ma mère. Comme elle le dit si bien, il est sans doute préférable d'attendre que la tempête passe. En espérant qu'elle passe...

J'aurais voulu que Mély me comprenne. Je ne lui demandais pas d'être d'accord avec ce que je disais, je voulais seulement qu'elle m'écoute. Mais elle a réussi à faire dévier la conversation sur un sujet encore plus délicat que le projet d'appartement. Elle s'est aventurée sur un terrain miné, et moi, je ne pouvais pas faire autrement que de me culpabiliser. Maudit que je suis bon pour tenir ce rôle-là, moi !

Quand elle m'a demandé si c'était rendu juste sexuel entre elle et moi, je n'ai pas su quoi répondre. N'importe quel gars avec un tant soit peu de lucidité aurait répondu : « Ben non, minou… Tu sais bien que c'est plus que ça, nous deux ». Moi, je suis resté muet. Aucune réponse intelligente ne me venait à l'esprit. Aucune. Je me suis contenté de la regarder, la bouche grande ouverte, à me demander ce qui m'arrivait.

J'ai eu peur. Pour la première fois depuis que je sors avec Mély, je me suis demandé pourquoi je m'accrochais. Ça ne se pouvait pas que ça soit rendu purement physique, notre relation. Notre couple, c'est plus que ça. On a tout plein de points en commun, Mély et moi. Puis on n'est pas si obsédés que ça. On est capables de faire autre chose que de se minoucher, il me semble.

Enfin… il me semblait.

J'aurais tellement voulu la rassurer, trouver des arguments apaisants comme dans les films, mais je ne trouvais même pas les mots pour me rassurer moi-même ! J'étais mal à l'aise et, pour éviter d'avoir à supporter son regard insistant, j'ai prétexté mon retour au travail et je me suis sauvé. Après avoir mangé une couple d'injures, oui, mais tout de même… je m'en suis sorti vivant.

Et puis cette fille ! J'étais en beau joual vert quand je me suis aperçu qu'elle nous espionnait. À son air courroucé, j'ai tout de suite vu ce qu'elle pensait de moi. Je n'avais pas besoin qu'on me rappelle l'espèce de con que je suis ! Ça a été la goutte qui a fait déborder le vase. Il fallait que je m'en prenne à quelqu'un, alors j'ai déversé ma fureur sur elle.

Je sursaute en entendant mon cher patron hurler mon nom tout en administrant de grands coups de poing à la porte. Je me risque à ouvrir et tombe sur un Georges rouge de colère qui brandit un doigt accusateur dans ma direction.

— Toi, mon petit comique !

Mon supérieur s'applique à retrouver une respiration normale, tâche qui paraît être plutôt ardue. Je m'en inquiète et tente de le calmer un peu :

— Voyons, Georges… mets-toi pas dans tous tes états, ce n'est pas bon pour ton cœur.

Contrairement à ce que je souhaitais, sa respiration s'accélère et se fait encore plus sifflante. Il ressemble à une bombe à retardement qui risque d'exploser à tout moment.

— La prochaine fois que tu voudras mettre des baigneurs hors de MA piscine, tu m'en glisseras deux mots avant, parce que sinon, tu peux être persuadé que tu prendras le même chemin qu'eux dans les secondes qui suivent! Est-ce que c'est clair?

« Clair, net et précis, mon capitaine. » Et Georges de renchérir :

— Jusqu'à preuve du contraire, c'est moi le responsable ici! C'est moi qui dirige et c'est encore moi qui prends les décisions!

— C'est beau, j'ai compris! Pète-nous pas une crise cardiaque, là...

— ... ET EN TANT QUE PATRON, TU ME DOIS UN MINIMUM DE RESPECT!

— Le RESPECT, ça se gagne, tu sauras! C'est pas en traitant tes employés comme des chiens que...

Georges m'interrompt d'un ton ironique :

— Ah bon! Parce que je vous traite comme des chiens? T'es le seul à te plaindre, Beaulieu! Bizarre, non? Tu fais tellement pitié, peut-être que tu devrais te trouver un autre job...

Je marmonne entre mes dents :

— Tu serais trop content!

— C'est sûr que c'est un petit peu tard en plein milieu du mois de juillet pour se trouver un autre emploi, tu ne trouves pas? Mais si tu veux t'essayer, je ne te retiens pas.

Nous nous mesurons quelques secondes du regard. Qu'est-ce que je donnerais pour avoir le courage de lui cracher ma démission en pleine face. Si ce n'était pas de mon projet d'aller vivre en appartement à l'automne, ça ferait longtemps que je serais parti d'ici.

Prenant mon silence pour de la soumission, Georges s'empresse de me donner ses dernières recommandations :

— Une autre altercation du genre, le jeune, pis c'est ton quatre pour cent que tu reçois. Tu t'appliques à te faire le plus petit possible jusqu'à la fin de l'été et il n'y aura pas de problème.

Il me jette un livre dans les mains avant de me tourner le dos :

— Si la fille que t'as mise dehors revient à la piscine – et je souhaite pour toi qu'elle revienne –, tu lui remettras son livre. Ça va peut-être te donner une chance de te faire pardonner !

Chapitre 5

— Allez, Loïc. Souris un peu ! Tu m'inquiètes.

Mon petit monstre ne daigne même pas lever les yeux vers moi. Il se contente de fixer le sable des yeux et d'y enfouir le bout de ses orteils.

Faire semblant que je n'existe plus est sa nouvelle tactique de guerre. Depuis notre expulsion en bonne et due forme de la piscine municipale (j'en suis d'ailleurs partie trop vite car j'y ai laissé mon roman, zut de flûte), il évite soigneusement de me regarder, voire de me toucher. Il ne mange plus les repas que je lui prépare, se contentant d'avaler du baloné entre deux tranches de pain blanc ou des *Pizza Pochettes* à saveur de carton. Lorsque je lui propose des activités, il feint de ne pas m'entendre et s'enferme dans sa chambre à double tour. Il ne s'excuse pas lorsqu'il me fonce dedans ou me pile sur les pieds, il me ferme les portes au nez et il ne m'avertit plus lorsqu'il va faire un tour à l'extérieur. Monsieur Martineau me paie pour garder la maison!

Mais aujourd'hui est le jour J: j'ai décidé de suivre Loïc au parc. Même s'il ne m'adresse pas la parole, j'ai davantage l'impression de jouer mon rôle de gardienne. Ça doit faire au moins une heure qu'on est assis sur des balançoires à écouter le silence pesant qui règne entre nous deux.

— Bon... qu'est-ce qu'on fait? Ce n'est pas que je m'ennuie, mais... il commence à pleuvoir. Tu veux qu'on rentre?

Aucune réponse. Je me creuse les méninges afin de trouver une activité qui allumerait Loïc.

— On peut aller se louer des films si ça te dit...

Qui pourrait résister à un après-midi de films alors qu'il fait un temps de chien? Loïc, bien sûr!

— ... ou jouer à ton nouveau jeu *Nintendo*. Ou, si tu préfères, on peut jouer au *Monopoly*...

Pitié, non! Qu'est-ce qui me prend de proposer un jeu pareil? Vite! trouve une autre idée avant qu'il accepte!

— ...ou au jeu de serpents et échelles...

Ce n'est pas beaucoup mieux.

— ... ou on peut se faire un casse-tête.

Décidément, ça va de mal en pis...

— Tu veux jouer aux cartes? à Pige dans le lac? au Paquet voleur? au Huit? au Trente et un?...

Il y a Cinquante-deux ramasse aussi, à la limite, si on ne trouve rien...

— Tu veux qu'on se fasse une énorme cabane avec des couvertures, des coussins, des oreillers?...

J'ai beau prendre mon ton le plus enthousiaste, rien n'y fait.

— Tu veux qu'on joue aux cow-boys et aux Indiens? Au prince qui délivre sa princesse des griffes du méchant dragon? À la vendeuse et au client? Aux pompiers? Au bandit et à la police? Au papa et à la maman? Au vétérinaire? Aux pirates? Aux chiens errants? Au chat et à la souris? Tu veux jouer à...

— Non.

Ça alors! Moi qui croyais que les morts-vivants ne parlaient pas!

— Eh bien, eh bien ! Heureuse de vous entendre parler. Je suis Nouk, votre gardienne. Enchantée de refaire votre connaissance !

J'arrache un timide sourire à Loïc. Il n'en fallait pas davantage pour m'encourager.

— Puis-je vous souhaiter un bon retour parmi les gens capables de communiquer oralement ou devrai-je encore me satisfaire du mutisme dans lequel vous vous plongez allégrement depuis quelques jours ?

Loïc se retourne enfin vers moi.

— Ça veut dire quoi « mutisse » ?

— MU-TIS-ME. Ça veut dire une paix profonde, un calme des plus silencieux. C'est ce dans quoi tu te vautrais depuis quelques jours, p'tit Bouddha boudeur.

— Je ne boudais pas…

— Ah non ? Tu ne méditais certainement pas, en tout cas !

— Je voulais juste pus te parler. Je suis fâché.

— Jamais je croirai qu'il n'y a pas de manière plus civilisée d'exprimer sa colère. Tu m'as fait de la peine, Loïc.

— Toi, tu crois que tu ne m'en as pas fait ? Qu'est-ce qui t'a pris de parler comme ça à Gilligan ?

— Il le méritait, Loïc ! Défends-le surtout pas. C'est rien qu'un effronté ce gars-là ! Il osait mettre la perte de ses shorts sur ton dos. Penses-tu que j'aurais rampé devant lui ? Je ne sais pas pour toi, mais moi, j'ai ma fierté !

— Je m'étais excusé ! C'était en train de s'arranger, là ! Pis toi, t'es arrivée avec tes grands chevaux...

— ... sur mes grands chevaux...

— C'est ça que j'ai dit ! Et à cause de toi, je peux même plus aller me baigner.

— Baigner, baigner ! T'as juste ça à la bouche depuis le début de l'été. On peut faire autre chose de notre temps ! On peut sortir, aller au cinéma, à la bibliothèque...

— Bibliothèque, bibliothèque ! T'as juste ça dans la tête à longueur d'année, toi !

Devant mon air ébahi, il ne peut s'empêcher d'ajouter d'un ton victorieux :

— T'es bouchée, han ?

— D'accord, je rends les armes, je capitule, j'abandonne, je cède, j'abdique et je transige !

— Ah, toi pis tes mots compliqués !

Nous soupirons en chœur tous les deux, puis Loïc s'agrippe aux chaînes de sa balançoire avant de tendre les pieds vers le ciel pour se donner un élan. Pliée en deux sur ma balançoire, le menton dans les mains, je l'observe quelques minutes dans son va-et-vient. Lorsqu'il cesse enfin de vouloir rattraper les nuages, Loïc se laisse doucement bercer par le vent jusqu'à ce que ses pieds s'immobilisent dans le sable. Il relève alors la tête vers moi et me fixe de ses yeux tristes.

— Alors, qu'est-ce qu'on fait ?

Chapitre 6

Je repasse pour la millième fois au moins ma main sur le comptoir. Une chose est sûre, pas une seule bactérie ne survivrait au nettoyage que je viens de faire ! La réception de la piscine municipale est propre comme un sou noir qui aurait trempé dans un grand verre de Coke pendant une journée complète. On pourrait y pratiquer une chirurgie à cœur ouvert et les risques d'infection seraient moindres que dans la salle d'opération de l'hôpital le plus réputé de la planète. Même moi, je ne fais jamais un aussi grand ménage dans ma propre chambre. C'est dire combien on s'ennuie ici…

Ce qui est moche lorsqu'on travaille dans une piscine municipale, c'est qu'on dépend entièrement de Dame Nature. Malgré les orages prévus, on se doit de demeurer ouverts au cas où une parcelle de soleil viendrait éclairer notre triste sort. Pour le moment, les seuls baigneurs assez courageux pour venir se tremper sont les enfants du voisinage qui suivent un cours de natation. À part eux, l'achalandage est à son plus bas niveau. Et chanceux comme je suis, c'est moi qui ai perdu à la courte paille tout à l'heure. Résultat : pendant que Bajou roupille dans le bureau de Georges, que Mély s'exerce à tracer des petits dessins sur ses ongles et que les autres employés font je ne sais trop quoi d'intéressant, moi, je monte la garde à l'entrée de la forteresse.

Ça doit faire une bonne heure et demie qu'aucune âme qui vive n'a fait tinter la clochette de la porte d'entrée. Quel ennui ! Et le temps qu'il fait dehors n'aide pas à rendre l'atmosphère plus excitante. On se croirait dans un vieux film d'Hitchcock. Je m'attends à voir surgir un meurtrier d'un instant à l'autre. Au moins, ça mettrait un peu d'action...

Je me cale dans la chaise de bois dur en soupirant et installe confortablement mes pieds sur le rebord du comptoir. Tant pis pour le grand nettoyage. Le confort avant tout ! De toute façon, si je m'ennuie trop dans quinze minutes, je pourrai toujours recommencer...

Je m'étire et attrape un magazine sous le comptoir de la réception. Évidemment, il fallait que je tombe sur un *Femmes contemporaines*. Seigneur ! qui lit des horreurs pareilles ? Georges, peut-être ? *Douze trucs pour séduire à nouveau l'homme de votre vie.* (Ça promet !) *Mon enfant m'apprend qu'il (elle) est homosexuel(le). Que faire ?* (Que veux-tu y faire ?) *Raffermissez vos muscles fessiers tout en demeurant assise.* (La loi du moindre effort…) *Dix positions qui vous feront monter au septième ciel* (Ça devient intéressant ! Quelle page ?)

Je remue sur ma chaise pour être davantage à mon aise. Non, mais, dix !… Ça mérite un minimum de confort pour les apprendre toutes par cœur ! Ça risque d'être long ! Tiens, qu'est-ce que c'est que ça ?

En déplaçant mes pieds sur le comptoir, j'ai fait tomber un livre par terre. *Le Mystère de la patience.* C'est celui que je dois remettre à cette fille. Toute une brique ! Je n'arrive pas à croire qu'il y a du monde qui réussit à lire cinq cents pages d'affilée.

Je feuillette le bouquin distraitement. « Dieu dans le ciel s'amuse bien de voir que les hommes ne croient pas en lui. » Tiens, c'est assez audacieux comme propos. Je n'avais jamais pris le temps de considérer Dieu dans cette optique. Pour ce que je connais de Dieu!… Disons que mes cours de religion n'ont pas été des plus instructifs. La prof passait le plus clair de son temps à essayer de nous faire taire plutôt que de nous transmettre son enseignement.

« La vie est une gigantesque loterie où seuls les numéros gagnants sont visibles. » Hmmm. Pas bête non plus quand on y pense… On avait abordé un raisonnement semblable dans mon cours de philosophie. Ça parlait de la sélection naturelle… C'est l'examen auquel j'ai eu la plus haute note d'ailleurs.

« Les yeux sont le miroir de l'âme.» C'est vrai, ça. J'ai une tante qui a eu un accident d'auto il y a deux ans et elle a été tuée sur le coup. Mon oncle ne s'en est jamais remis. Les rares fois où je l'ai rencontré par la suite, ses yeux ne disaient plus rien. Je veux dire… C'était un homme jovial et rayonnant avant la mort de sa femme. Depuis, il a beau nous répéter qu'il va mieux et qu'il reprend du poil de la bête, ses yeux demeurent sans éclat, vides, ternes…

Je suis interrompu dans ma lecture par des éclats de voix. Une série de petits imperméables jaunes me filent sous le nez. Rires et bousculade. Les enfants viennent de terminer leur cours de natation et me saluent en passant devant moi en file indienne. Il pleut à boire debout. L'après-midi s'annonce calme ! Long et calme…

J'ai à peine le temps de replonger mes yeux dans le livre que le tintement de la clochette suspendue au-dessus de la porte d'entrée m'annonce un visiteur. Je m'apprête à radoter la phrase habituelle : « Désolé ! nous sommes fermés. Revenez lorsque l'orage sera passé » quand je m'aperçois que mon visiteur est une visiteuse… et qu'elle est en plus la propriétaire du livre que je tiens entre mes mains.

Je ne peux m'empêcher de la fixer comme si elle était une extraterrestre. Je l'observe enlever le capuchon de sa tête et secouer ses cheveux trop courts, balayer des yeux la pièce dans laquelle elle vient d'entrer, les sourcils froncés et le nez retroussé, avant de poser calmement son regard sur moi.

Je me suis déjà fait remettre une fois à ma place par cette fille-là. Alors, pas question que ça se reproduise. Je ne placerai pas un seul mot avant qu'elle ait ouvert la bouche.

Elle aussi semble espérer qu'un quelconque événement se produise. On a l'air de deux fous attendant le psychiatre. Je me sens mal à l'aise mais, en même temps, je me vois mal trahir ce silence par des banalités. Me taire m'apparaît encore la plus sage attitude. Alors c'est ce que je m'applique à faire.

— ... vu traîner par ici ?

Mély cherche frénétiquement quelque chose sous des piles de papier.

— Je suis persuadée de l'avoir laissé ici hier soir pourtant... Voyons ! Où il est ?

Mes yeux passent de l'une à l'autre de mes visiteuses sans trop savoir où s'arrêter. Je m'éclaircis la gorge et m'essaie à balbutier quelques mots :

— Euh... Tu... Qu'est-ce... De quoi, ça ?

Mély suspend son remue-ménage pour me regarder d'un drôle d'air.

— Voyons, bébé, t'as vu un fantôme ?

L'entendre prononcer ce surnom débile me prend au dépourvu. Je croyais qu'après notre petite chicane de l'autre jour elle ne m'aurait plus jamais adressé la parole. Alors, qu'elle me parle et qu'en plus elle m'appelle encore bébé, il y a de quoi laisser un chat ahuri !

— Bébé, t'as l'air bizarre... Est-ce que ça va ?

Je sors enfin de ma léthargie pour lui répondre qu'en effet tout va pour le mieux, que tout roule sur des roulettes et que je pète le feu. Elle en profite pour me laisser savoir que de toute façon mes états d'âme ne la préoccupent pas beaucoup ces jours-ci. J'aurais dû m'en douter...

Puis, s'apercevant de la présence d'une tierce personne dans la pièce, elle demande de but en blanc à notre visiteuse si elle peut l'aider. Personnellement, si Mély m'avait posé cette question sur ce ton, j'aurais déguerpi au plus vite sans demander mon reste.

La visiteuse, elle, ne bronche pas. Elle ouvre même la bouche pour répondre, mais Mély ne lui a pas laissé le temps de dire quoi que ce soit que déjà elle reprend sa quête frénétique en se parlant toute seule. Je sens que Mély sera bientôt à bout de nerfs et si je ne l'arrête pas tout de suite le beau ménage que je me suis appliqué à faire ce matin sera réduit à zéro. Je lui demande donc ce qu'elle cherche.

Mély se contente de lever les yeux au ciel, visiblement découragée.

— Yououh! La Terre appelle la Lune! Ça fait une minute et quart que je cherche mon *Femmes contemporaines*! Réveille!

Son magazine fait un bon coussin sous mes fesses. Je croise les mains derrière la tête et me cale dans ma chaise. J'ai envie de la narguer un peu:

— Ouin, ça a l'air pressant! Qu'est-ce qui peut bien t'intéresser dans une revue aussi cul-cul que *Femmes contemporaines*?

Mély prend soin de bien me regarder dans le blanc des yeux avant de me répondre d'une voix impassible:

— Le top dix des positions... Je veux les montrer à Xavier...

Xavier? J'ai vite été remplacé...

— Pas de façon pratique, bien sûr! Je veux seulement lui montrer les images...

Seulement les images? Mon œil! Je tâche de conserver un ton calme pour lui répondre.

— Je ne l'ai pas vu, ton magazine. Je viens de faire le ménage de fond en comble et je ne l'ai vu nulle part. Désolé ! Tu devras te contenter de les lui montrer d'une manière plus… explicite.

Les mâchoires de Mély se crispent et elle me fusille du regard. Je me contente de lui adresser un sourire angélique, sans cesser de me bercer sur ma chaise.

Cherche toujours, ma belle ! Je ne te le donnerai pas, ton foutu magazine !

Chapitre 7

Je bous littéralement. Je n'arrive pas à y croire ! Il n'est pas gêné pour deux sous ! S'il y a une chose qui me frustre au plus haut point, c'est bien le non-respect de l'intimité. Il se croit tout permis, ou quoi ? Il était plus que temps que j'arrive. Mes livres, il n'y a rien de plus sacré pour moi. Je ne laisse même pas Loïc les toucher. Alors, que quelqu'un d'autre que moi ose le faire, en plus si cette personne se trouve être Gilligan, il y a de quoi me mettre en rogne pour au moins douze jours. Est-ce que j'aurais fouillé dans son portefeuille, moi ? NON ! Alors il n'avait pas d'affaire à tourner les pages de mon roman, même si ce n'était que la page couverture. Non, mais ! On n'a pas élevé les cochons ensemble à ce que je sache.

Je prends de grandes respirations pour faire baisser mon taux d'adrénaline et je m'applique à ralentir ma cadence cardiaque. Je suis essoufflée comme si j'avais couru le cent mètres. Faut dire que je n'ai jamais fait le trajet de la piscine à chez Monsieur Martineau en si peu de temps...

La pluie s'est estompée un peu et une légère bruine tombe doucement autour de moi. Je m'arrête et enlève mon capuchon. Les yeux fermés et les mains sur les hanches, je laisse les minuscules gouttes de pluie rafraîchir mon visage. C'est que je me sens les joues en feu depuis ma petite conversation avec ce...

J'avais promis à Loïc que j'obtiendrais sa réadmission à la piscine. J'avais pris soin de dresser une liste de tous mes arguments, je projetais d'utiliser une voix geignarde et de paraître désolée du malheureux incident du coup de pied (j'espère que ça lui fait encore mal).

Mais, lorsque j'ai pénétré dans l'établissement...

Tout dans le petit bureau semblait parfaitement rangé et à sa place. Lorsque j'ai aperçu Gilligan au beau milieu de cet ordre immaculé, avec ses cheveux hirsutes sur la tête, le t-shirt blanc de travers, les lacets détachés de ses souliers pendant nonchalamment au-dessus du comptoir, je me suis dit que quelque chose clochait dans ce décor, mais je n'aurais pas su dire quoi…

Il restait là, à me regarder sans rien dire, comme si j'avais eu trente-trois verrues sur le nez, un œil de vitre, quatre poils jaunes sur la tête, cinq sourcils et plus une seule dent… C'est là que j'ai compris le sens de l'expression *dévisager quelqu'un*.

Puis, elle est entrée en coup de vent, sans s'annoncer. Je ne l'avais pas entendue venir. Il me semblait qu'elle sortait de nulle part. Une tempête de neige au cœur d'un désert. Elle est partie aussi rapidement qu'elle est venue, en quatrième vitesse, réinstallant un léger malaise entre Gilligan et moi. J'en ai profité pour m'éclaircir la voix et m'avancer d'un pas hésitant vers le comptoir.

Et c'est à ce moment-là que je l'ai vu, en travers de ses genoux…

Toutes mes belles résolutions sont parties d'un coup sec en fumée. Pouf ! J'étais bleu marin et je voyais rouge cerise ! Je lui ai dit d'une voix blanche :

— On fait une belle lecture à ce que je vois…

Ses yeux se sont contentés de quitter les miens pour regarder ce qui se trouvait sur ses genoux, puis ils se sont de nouveau levés vers moi, lentement, précautionneusement.

— Assez bonne, oui. Merci.

— J'espère que ça ne t'importunera pas trop que je le reprenne…

— À vrai dire, oui. Je commençais à m'intéresser à ces petites phrases philosophiques. Mon éducation spirituelle a quelques lacunes et je me demandais justement si tu ne pourrais pas m'inclure dans ta secte…

Quoi ? Une secte ? *Le Mystère de la patience* ? Où est-ce qu'il est allé pêcher une idée pareille ?

J'ai fait mine de réfléchir, puis je lui ai répliqué, du tac au tac :

— Mmm… Malheureusement, je ne crois pas que ton quotient intellectuel soit assez élevé pour en faire partie. Désolée ! Meilleure chance la prochaine fois.

Je l'ai regardé dans les yeux en esquissant mon sourire le plus faussement compatissant.

— Pas plus grave. Je continuerai de me prélasser tout l'été du haut de ma chaise de sauveteur. Au fait, comment va ton petit monstre ?

J'ai dû blêmir, car il m'a adressé un sourire triomphant. Ce n'était pas juste pour Loïc. Gilligan savait très bien que je venais plaider sa cause. Je n'allais certainement pas faire la belle devant lui pour permettre à mon protégé de réintégrer la piscine. Au diable les belles promesses. À la guerre comme à la guerre !

Je me suis penchée sur le comptoir et j'ai pris mon air le plus menaçant pour lui exprimer le fond de ma pensée :

— Écoute-moi bien...

Je n'ai eu qu'une seconde d'hésitation...

— ... bébé...

Ce que j'aurais donné pour avoir un appareil photo à ce moment-là !...

— Tu le sais autant que moi que Loïc n'a rien fait de mal et qu'au fond c'est toi le frustré dans cette histoire-là. Ce n'est pas de sa faute si ta relation amoureuse, sexuelle, nomme-la comme tu veux, bat de l'aile. Tu ne me feras pas croire que le coup de pied d'un enfant de huit ans t'a fait mal au point de lui interdire l'accès de la piscine. Si oui, t'es rien qu'une mauviette. Pour ce qui est de tes shorts à quatre-vingt-dix dollars, il faut être cave pour les porter sur le site d'une piscine. Quoi ? Tu pensais réellement qu'aucune goutte d'eau ne les atteindrait ? Oui, j'admets que Loïc t'a délibérément arrosé, mais tu le méritais. Il venait de sauter pour la première fois du haut du plus grand tremplin et il était fier de venir me l'annoncer. Tu lui as gâché sa joie en le rabaissant devant les autres nageurs quand un simple avertissement aurait suffi. Maintenant, deux choix s'offrent à toi. De un : tu me remets mon livre et tu permets à Loïc de réintégrer la piscine. Ou de deux : je vais voir ton superviseur et je lui dis qu'au lieu de tenir cette soue à cochon propre tu te concèdes le droit de lire un *Femmes contemporaines*. Et ne fais pas celui qui ne sait pas de quoi je parle, tu es assis dessus. Alors, qu'est-ce que tu choisis ?

Chapitre 8

— J'étais... abasourdi. Elle m'avait cloué le bec.

— T'avais pas le choix d'obtempérer.

— Elle ne m'aurait pas balancé toutes ces menaces que j'aurais obtempéré quand même. Là n'est pas la question !

Bajou, visiblement, ne comprend rien à ce que je lui raconte. Les cris assourdissants des baigneurs me distraient quelques secondes. Appuyé sur la clôture, je profite de notre pause commune pour lui raconter ma petite péripétie de la semaine dernière. Bajou se contente de m'écouter en grillant sa cigarette.

— Ce que j'essaie de t'expliquer, c'est... T'es-tu déjà fait remettre à ta place par une fille ? Je veux dire... pas juste un peu là, mais d'aplomb ?

Bajou me gratifie d'un regard dubi-
tatif avant de me répondre :

— Mis à part ma mère… non, je n'ai
jamais eu cette chance.

— Eh bien, moi, c'est la deuxième
fois que cette fille me fait le coup, et je
ne suis pas certain d'avoir aimé l'expé-
rience…

Jamais je ne l'avouerais à Bajou, mais
lorsque je repense à notre petit entretien
j'en ai des frissons dans le dos. N'importe quel contrevenant se serait soumis
devant une négociation pareille !

— Tu me connais, je taquine tout le
monde. Je voulais seulement l'agacer
avec son livre et elle s'est mise à déblatérer à propos de mon quotient intellectuel…

Bajou éclate d'un grand rire avant de
me lancer d'une voix railleuse :

— Ah, bon ! le chat sort du sac !
C'est ça qui te chicote ? C'est pas tant le
fait qu'elle t'ait rabroué ou qu'elle ne
t'ait pas laissé la chance de te défendre.
Avoue-le que ça t'a dérangé qu'elle dise
tout haut que t'as une cervelle de moi-
neau…

— Pas du tout ! Pas besoin de passer
ta vie le nez fourré dans un livre pour
prouver son intelligence. Regarde

Einstein, le gars qui a inventé la bombe nucléaire… À ce qu'il paraît, c'était un *drop out*.

Bajou n'écoute pas un seul mot de ce que je lui raconte et se contente de balancer la tête de gauche à droite en répétant d'un ton narquois :

— Je commence à l'aimer, cette fille-là ! Je l'aime de plus en plus, même.

Je lui lance un regard offensé avant de lui répondre d'un ton sarcastique :

— C'est ça, je te la présenterai. On est devenus assez bons copains, elle et moi.

J'envoie une roche valser du bout de mon pied. Non, mais ! En tant qu'ami et soutien, il n'est pas censé être de mon bord ?

Il aspire une dernière bouffée de sa cigarette avant de l'envoyer d'une chiquenaude de l'autre côté du buisson. Un sourire niais lui barre encore le visage… L'ordure !

Je cherche des yeux parmi la vaste foule de baigneurs la source de mon amertume. Je ne me donne pas la peine de regarder du côté de la piscine : j'ai déjà remarqué qu' « elle » ne se baigne jamais. Par contre, son petit monstre, lui, c'est un vrai poisson.

Depuis que je leur ai permis à nouveau l'accès de la piscine – ou plutôt depuis qu'elle m'a arraché le droit de franchir les grilles du site –, son... Comment elle l'a appelé déjà ? Loïc ? Oui, je crois que c'est ça. Son Loïc passe des journées entières la tête sous l'eau. Je suis persuadé que si on ne fermait jamais la piscine à la fin de l'après-midi il passerait la nuit ici.

Elle... elle se contente de négliger son livre de temps à autre pour jeter un œil sur lui, sans plus. Pour sa performance de gardienne, on repassera !

Tiens, voilà justement Loïc qui sort de l'eau, les lèvres bleues et le corps tremblant. On va bien voir où elle se cache, cette vipère...

Comme s'il lisait dans mes pensées, Loïc trottine à petits pas vers sa gardienne. Je l'aperçois bientôt, assise sous le grand chêne. Elle l'accueille à bras ouverts avec une grande serviette de Mickey Mouse. Elle lui frotte énergiquement la tête, les épaules et le dos, ce qui le fait rire. Ils se chamaillent un peu. Loïc tend une main vers son bouquin, mais elle est plus rapide que lui et s'empresse de le dissimuler dans son sac à dos. Je ne peux m'empêcher de sourire à l'idée de ce que Loïc aurait pu faire s'il avait réussi à l'atteindre. Je me demande si elle lui aurait fait une crise comme à moi...

— Si elle te fait tant plier les genoux, cette fille-là, tu sais ce qu'il te reste à faire...

Je sursaute. Bajou s'est penché vers moi et me regarde avec une lueur moqueuse au fond des yeux.

— Je ne veux pas te décourager, mais t'es mal parti.

— Voyons ! Qu'est-ce que tu dis là, toi ?

— Tu ne t'es pas vu l'air ? Tu n'arrêtes pas de la regarder depuis tantôt, bébé.

— Ce n'est même pas vrai ! Je regardais... Je surveillais les baigneurs !

— Durant ta pause ? Toi ? Surveiller des baigneurs ? Laisse-moi rire !

— C'est vrai ! Il y en avait un qui courait et je me demandais si le maudit Xavier allait intervenir avant qu'il tombe et se blesse.

— Est-ce que j'ai une poignée dans le dos, bébé ?

— Veux-tu, s'il te plaît, arrêter de m'appeler comme ça ? S'il y a quelqu'un qui nous entend, il pourrait croire que toi et moi...

— Quand c'était Mély qui t'appelait comme ça…

— Elle m'appelle encore comme ça, tu sauras. Il n'y a rien de fini entre elle et moi. C'est juste qu'on avait besoin d'une pause, tous les deux, pendant un bout de temps…

— Est-ce qu'elle est au courant que c'est seulement « pour un bout de temps » ? Parce que, à force de voir Xavier tourner autour d'elle, on se pose des questions…

Je lui lance un regard noir.

— Évidemment qu'elle est au courant.

Je mens tellement mal…

— On n'a pas cassé, Mély et moi.

Non ?

— Ça arrive aux meilleurs couples de se disputer.

Vraiment ?

— Tu vas voir. D'ici deux semaines, tout sera rentré dans l'ordre…

Oui. D'ici deux semaines, deux mois ou… deux ans.

Bajou se mordille la lèvre inférieure, signe qu'il ne croit pas un traître mot de ce que je lui raconte. Découragé, je m'appuie de tout mon poids sur la clôture. Un sourire de fausse compassion aux lèvres, Bajou m'administre de grandes tapes d'encouragement sur l'épaule. Puis il me dit, avant de s'éloigner :

— Convaincs-toi d'abord de ce que tu te racontes avant d'essayer de me le faire gober. Mély, ce n'était peut-être pas une fille pour toi. Aux dernières nouvelles, on était six milliards d'individus sur la planète. Jamais je croirai que tu ne trouveras pas ta douce moitié parmi toutes ces personnes. Et, qui sait ? Elle est peut-être plus près que tu le penses...

Chapitre 9

« Ils n'avaient pas l'habitude non plus de commencer une conversation en disant qu'il y avait quelque chose qu'ils ne comprenaient pas. Car lorsqu'on a compris qu'il y a quelque chose que l'on ne comprend pas, on est en bonne voie pour comprendre au fond pas mal de choses. »

Ça doit faire au moins dix fois que je relis ce passage et que j'essaie d'en déchiffrer le sens caché. Rien n'y fait : j'ai beau relire dans tous les sens, à une vitesse de tortue, et agrémenter ma lecture de pauses, je ne comprends pas pourquoi on est en bonne voie pour comprendre quelque chose quand on a compris qu'il y a quelque chose que l'on ne comprend pas.

C'est un tordu, ce Jostein Gaarder. Je suis persuadée que cet auteur a volontairement brouillé le sens de ses phrases pour nous faire perdre la raison. C'est censé être un roman à caractère philosophique, pas un manuel de psychologie analytique du comportement pour professionnels avancés!

Je pousse un soupir de découragement et referme mon livre en prenant soin de retenir ma page de mon index. Je m'accorde quelques secondes de repos bien méritées. Je suis censée être en vacances. L'école est terminée, non? Alors, la fricassée de cervelle, je peux mettre ça de côté quelque temps...

Le problème, c'est que lorsque j'arrête de lire je me mets à penser à toutes sortes de choses. Mon cerveau n'est jamais éteint. Même la nuit, je suis persuadée que je n'arrête jamais complètement de réfléchir. Je ne laisse pas facilement mon subconscient prendre la relève.

D'autant plus que ça fonctionne à haute vitesse dans mon coco ces jours-ci. Ça m'étourdit juste à m'imaginer que je pourrais disséquer mes pensées une par une. J'en aurais pour une moitié d'éternité. Minimum!

C'est que ma très chère mère m'a annoncé hier matin (mine de rien) que mon très cher père se trouvait dans les environs de Montréal pour quelques jours, le temps de régler une affaire pressante, et pourquoi pas en profiter pour voir sa fille et lui faire découvrir un magnifique restaurant thaïlandais. Il n'en fallait pas plus pour que je sucre mon café une seconde fois, que je laisse mon omelette coller au fond de la poêle et que je range la margarine dans le garde-manger et le pot d'épices dans le réfrigérateur. J'ai finalement répliqué à ma mère qu'un père à temps partiel ne m'intéressait pas du tout, qu'il faisait beaucoup moins de ravages dans nos vies en demeurant invisible et que, de toute façon, la cuisine thaïlandaise me virait l'estomac à l'envers. Du moins, en sa compagnie. Ma mère s'est contentée de me regarder d'un air entendu en cachant son sourire derrière sa tasse de café. Elle a finalement avoué (après d'interminables secondes) que c'est à peu près ce qu'elle lui a répondu. Elle a tout de même pris soin de conserver le numéro de téléphone où on pouvait le joindre au cas où je changerais d'avis. C'est qu'elle veut avoir la conscience tranquille, ma belle maman !

Je jette un coup d'œil à mon poignet pour y lire l'heure. J'avais oublié que j'ai prêté ma montre à Loïc pour qu'il puisse calculer, sans avoir nécessairement recours à mon assistance, le temps qu'il demeure sous l'eau. J'étais un peu fatiguée de servir de « compteuse de secondes », alors je lui ai prêté ma montre, avec un soupçon (je l'avoue) de soulagement.

Je lève donc la tête vers le ciel pour essayer de deviner, selon l'axe du soleil, l'heure qu'il peut être. Mon prof de physique nous a appris que l'on peut savoir l'heure d'après la position du soleil dans le ciel. Ça ne doit pas être si compliqué. Si Monsieur Bouthillette est capable de le faire, moi aussi je devrais réussir cet exploit. Voyons voir… D'après mes savants calculs, il est quelque part entre 12 h 30 et 15 h, à quelques secondes près… (Pas si pire, pour une novice !)

Je soupire de nouveau. Décidément, la mort la plus terrible que l'on pourrait m'affliger serait de mourir d'ennui. Il me semble qu'il n'y a rien de plus… ennuyant.

Je jette un regard du côté de la grande piscine et cherche des yeux des shorts orange fluo, emblème national de mon petit monstre. Tant qu'à me tourner les pouces ici, toute seule, je pourrais peut-être convaincre Loïc de venir s'ennuyer avec moi. À deux, on s'embête moins.

J'ai beau chercher de tous bords tous côtés, aucune trace de mon bonhomme. Tant pis! je vais me résigner à tenter une fois de plus de comprendre une parcelle de mon livre.

Je dirige ma main vers celui-ci lorsque mon regard est attiré vers la clôture qui borde le site aquatique de la ville. Je reconnais Gilligan en train de tenir une conversation des plus animées avec un autre sauveteur. (Je l'ai deviné aux sifflets qu'ils portent tous deux au cou.) Ce que je donnerais pour savoir lire sur les lèvres…

Ce n'est pas que ce que Gilligan raconte me préoccupe. Non, c'est plutôt que… eh bien… ça me ferait une diversion. Voilà tout! Ah, et puis zut! je l'avoue : c'est vrai que Gilligan m'intrigue. Je n'ai jamais rencontré un garçon pareil. Il s'amuse à jouer au plus fin, à se montrer sous son meilleur jour et à agacer tout le monde, mais… je ne sais pas, il y a quelque chose qui cloche en lui. Habituellement, les gars ne font pas seulement semblant d'être idiots; ils le sont vraiment.

Lui, j'ai de la difficulté à le cerner. J'hésite à le classer parmi les parfaits imbéciles ou dans la catégorie du maigre cinq pour cent de la gent masculine ayant un minimum de jugeote.

Les rares garçons qui on traversé mes quelques années d'existence sur cette Terre ne m'ont pas rendue spécialiste de l'espèce masculine. Si ça se trouve, ce Gilligan est le pire crétin de la planète. C'est du moi tout craché, ça ! Je persiste à croire que derrière chaque imbécile se trouve un être moral ayant des sentiments. Je suis sans doute trop optimiste. Ça va me retomber en pleine face un jour ou l'autre.

Gilligan sort de mes pensées aussi rapidement qu'il y est entré lorsque j'aperçois Loïc s'avancer vers moi d'un pas retenu. Même s'il est encore loin de moi, ses tremblements laissent deviner qu'il a froid. Je déplie donc sa serviette et l'accueille dans mes bras en le frottant énergiquement pour le réchauffer. Loïc tente de me raconter ses prouesses entre ses claquements de dents :

— J… J… J… J'ai tenu tr… tr… trois secondes d… d… de plus qu… qu'hier !

Son sourire laisse deviner sa fierté. Je le regarde avec des yeux aussi gros que des vingt-cinq sous et la bouche grande ouverte, en une mimique ressemblant à de l'ébahissement.

— Ça alors!... Tu es rendu à combien? Trente-quatre secondes?

— Trente-six! rectifie-t-il en bombant le torse.

Je fais celle qui n'en croit pas ses oreilles :

— Trente-six secondes! On devrait appeler les Records Guinness pour qu'ils inscrivent ton nom dans leur livre.

— Tu penses?

Loïc me regarde comme si je venais de lui annoncer que le père Noël venait souper avec nous ce soir. Il croit tellement chacune de mes paroles que je pourrais lui faire gober n'importe quoi. Devant son air rempli d'espoir, j'essaie d'apporter un léger bémol à mes propos avant que l'idée d'être inscrit dans ce grand livre l'empêche de dormir :

— Oui... Enfin... Faudrait commencer par trouver leur numéro dans l'annuaire téléphonique. C'est déjà tout un défi, crois-moi.

Loïc me regarde avec une moue moqueuse.

— On pourrait aussi en profiter pour t'y inscrire dans «celle qui lit le plus de romans en vingt-quatre heures» !

Sur ce, je regarde, d'un air horrifié, Loïc tendre une main dégoulinante d'eau vers mon roman. Je réagis juste à temps et le glisse dans mon sac à dos, hors de sa portée.

L'espiègle rigole et tente de saisir les lanières de mon sac. Je le repousse et lui chatouille les côtes pour qu'il lâche prise.

— Ça non, par exemple! Garde tes menottes mouillées pour toi!

Mon petit bonhomme se débat du mieux qu'il peut pour se défaire de mon emprise. Il joue habilement des pieds et des mains, mais il s'épuise rapidement à force de rire aux éclats tout en voulant me faire lâcher prise. Il ne sait pas encore jusqu'où je peux me rendre pour préserver mes livres. J'évite un coup de genou sur le nez de justesse et je l'immobilise en riant, après avoir livré un dur combat.

J'obtiens finalement de Loïc la promesse solennelle de ne plus essayer de toucher à une seule page de mon livre. Ce que je peux être naïve, des fois! Je ne vois rien venir lorsqu'il me demande de rentrer à la maison puisqu'il a une faim de loup, lui qu'il faut habituellement aller chercher dans l'eau pour le forcer à rentrer dîner.

Avant même que je comprenne ce qu'il projette de faire, le voilà qui empoigne mon sac à dos d'un geste rapide et se sauve en riant, bientôt disparu dans la foule.

Je me lève à mon tour et l'appelle :

— Loïc ! Loïc ! je ne ris plus. Reviens ici tout de suite. LOÏC !

Je soupire en me disant que le pire qu'il peut faire, c'est de cacher mon sac dans le vestiaire des garçons.

Je jette un dernier coup d'œil du côté de la clôture, le temps de constater, avec un brin de déception, que mon sujet de recherche sur les mâles en général n'y est plus. Puis je ramasse serviette, gougounes et crème solaire avant de partir à la recherche de mon petit monstre.

J'espère pour lui que mon livre est encore dans son état initial. Parce que, sinon, il va savoir de quel bois je me chauffe !

Chapitre 10

— Elle est peut-être plus près que tu le penses…

Bajou me lance un de ses sourires remplis de sous-entendus. Si je ne le connaissais pas aussi bien, je pourrais croire qu'il fait allusion à « elle »…

Je jette un coup d'œil en direction du grand chêne pour l'observer une dernière fois avant de commencer ma période de surveillance, mais « elle » n'y est plus. Un monsieur d'un certain âge a pris sa place et m'adresse un sourire édenté en ajustant l'élastique de son maillot de bain. Je ne m'étais pas aperçu que je le dévisageais.

— Bébé, on va être en retard si tu continues à te traîner les pieds.

— Ouin, ouin… j'arrive.

Bajou se retourne à demi vers moi et étudie ma mine d'un air songeur avant de marmonner, manifestement découragé :

— Si Georges te voyait...

Je continue silencieusement sa phrase : «... ça lui donnerait une raison de plus pour me mettre à la porte». Oui, ça, je le sais ! N'importe lequel de ses employés pourrait se permettre d'arriver en retard, mais moi, si j'ose le faire, c'est la catastrophe. Je ne suis pourtant pas pire qu'un autre. Bon, c'est vrai, je ne ponctue pas mes phrases d'un nombre incalculable de «Monsieur» lorsque je m'adresse à lui, mais le léchage de bottes n'a jamais fait partie de mes principes. Je ne vois pas ça comme un manque de respect, mais comme une marque de non-soumission ! Georges n'est pas Dieu. Je ne vois donc pas pourquoi je le placerais sur un piédestal...

J'arrête brusquement d'avancer lorsque je me rends compte que le bout de mon nez est à quelques millimètres au-dessus de la tête de Bajou. Je m'apprête à lui lancer une boutade à propos des croûtes des sandwichs qu'il fallait manger lorsqu'on était plus jeune, mais je me fige avant d'avoir prononcé une seule parole en apercevant la raison pour laquelle il s'est arrêté si brusquement.

C'est « elle » !…

Bajou vient de la percuter et se confond en excuses entre chacun des « Ça va, ce n'est rien ! » qu'elle répète en se massant l'arête du nez. Elle recule, parée pour une seconde attaque, lorsque, en bon sauveteur, Bajou tend les doigts vers sa figure pour constater les dégâts qu'il y a causés. Devant son air incertain, Bajou la rassure sur ses intentions.

J'ai envie de le mettre en garde contre sa fâcheuse habitude de minimiser le quotient intellectuel masculin, le mien en particulier. Avant que j'aie pu prodiguer mon conseil, Bajou se raidit en reconnaissant le petit bonhomme qui est apparu à côté d'eux en projetant une mine de bouledogue. Décidément, Loïc ne manque aucune occasion de protéger sa gardienne.

Bajou me lance un clin d'œil de conspirateur avant de se retourner solennellement vers eux.

— Mon seigneur, ma reine…

… puis de les impressionner par quelques courbettes et révérences.

— Puis-je me permettre de me présenter ? Lord Bajou. Et voici mon humble serviteur…

Bajou tend une main vers moi, hésitant quant au surnom dont il m'affligera. Je me croise les doigts derrière le dos, en espérant qu'il n'osera pas.

—… bébé dit Beaulieu.

Bajou n'a pas pu s'empêcher d'oser. Il continue son charabia en le ponctuant d'un affreux accent français :

— Nous sommes tous deux gardiens de vies à cette piscine.

Et d'ajouter, d'une voix basse et hésitante :

— Quoique nous risquons de ne plus pratiquer notre métier d'ici quelques minutes…

Je fronce les sourcils dès que je comprends le pourquoi de cette remarque. Georges est appuyé sur la porte de la salle des employés et son regard oscille à répétition de sa montre aux postes de surveillance que Bajou et moi devrions déjà occuper.

Bajou ne se laisse pas démonter pour autant. Ce n'est pas sa tête qui sera mise à prix, mais la mienne !

— Quoi qu'il en soit, gente dame, puis-je vous assurer qu'un malheureux incident de ce genre ne se reproduira pas ? Votre joli nez ne souffrira plus jamais de l'étourderie de mon coude et ce, je puis vous le garantir sur mon honneur de *gentleman*.

Je jette un œil à la « gente dame ». Les paroles de Bajou semblent faire effet puisqu'elle le regarde, fascinée par tant d'éloquence.

Bajou renchérit :

— Je serais d'autant plus apte à vous protéger d'un nouvel assaut si vous m'accordiez l'extrême obligeance de vous présenter. Car, douce amie, je dois vous avouer que je n'ai eu, jusqu'à ce jour, le privilège de contempler si grande beauté…

Je lève les yeux au ciel. Ce qu'il ne faut pas entendre !

Néanmoins, le petit numéro semble avoir porté des fruits, puisqu'« elle » s'incline bientôt en une profonde révérence, tenant entre ses doigts une jupe imaginaire. Puis lentement, d'une voix douce et posée, elle déclare :

— Je suis Anouk… Enchantée de faire votre connaissance.

Chapitre 11

Même beaucoup plus tard, je demeure ébahie par toute cette mise en scène. Un pur délice pour les oreilles ! Pendant quelques secondes, je me suis crue à l'époque du Moyen Âge, dans la peau d'une jeune damoiselle recevant éloges et compliments de son preux chevalier. J'en ai encore des frissons.

Je ne peux m'empêcher de glousser au souvenir de la figure décomposée de Gilligan. Il est resté tout le long derrière son ami, sans parler ni bouger. Moi-même j'étais trop hypnotisée pour oser interrompre ce long monologue. J'étais littéralement subjuguée.

Je tressaille en reniflant une odeur de brûlé et en constatant qu'une fumée émane du grille-pain. Je réagis aussitôt et le débranche d'un coup sec, en pestant intérieurement. J'ai la tête dans les nuages depuis quelque temps. Plus précisément depuis quelques heures !

Je m'empresse de sortir les deux rôties noircies de ce foutu grille-pain, puis je m'assure que Loïc n'est pas caché derrière moi avant de les gratter à l'aide d'un couteau au-dessus de l'évier. S'il y a une chose que Loïc déteste, c'est bien de manger un sandwich au pain brûlé.

— Qu'est-ce tu fais ?

Je sursaute en entendant sa voix. Une main sur le cœur, je me retourne vers lui et l'avertis de ne plus jamais me faire une peur pareille.

— Qui va te garder si tu me fais faire une crise cardiaque, han ?

Loïc se contente de hausser les épaules en s'avançant vers le comptoir. Je suis heureuse de constater que ma question ne le préoccupe pas le moins du monde…

— Qu'est-ce qu'on mange ?
— Des sandwichs.

Je m'empresse d'ajouter, avant qu'il voie les rôties brûlées :

— Pourrais-tu me sortir la mayo du réfrigérateur, s'il te plaît ?

Trop tard. Ses yeux se sont posés au fond du lavabo.

— J'espère que t'avais pas l'intention de me faire manger ça…

— Non, non… j'allais les prendre.

Loïc me dévisage. Ses sourcils en accent circonflexe semblent me dire : « Tu me prends pour un imbécile ? »

Me voilà prise à devoir manger du pain dur comme de la roche et noir comme de l'ébène ! Pendant que Loïc fait griller deux autres tranches de pain, je m'applique à étendre une épaisse couche de mayonnaise sur mes rôties, afin de masquer un peu leur goût âcre. J'y dépose une tranche de jambon (Pourquoi pas deux ? Ça risque d'être moins mauvais), beaucoup de laitue, une poignée de fromage râpé, et voilà ! le tour est joué. Hmmm ! Délicieux.

J'essaie du mieux que je peux d'avoir l'air de le dévorer, mais sitôt que Loïc me tourne le dos j'avale de travers. Dire que je voulais lui faire bouffer ça !

— Pourquoi t'étais toute drôle, tantôt, à la piscine ?

Je m'essuie le bec de la main avant de répondre :

— Tu me trouvais drôle ?

— T'avais l'air que tu prends quand on regarde un film avec un beau comédien…

Je ne peux m'empêcher de rougir. Je vois où il veut en venir. Je n'avais pas cet air-là ? Je réponds le plus simplement possible :

— Ah, bon. Je ne m'en étais pas rendu compte.

Puis j'ajoute, avec le ton de quelqu'un pressé de changer de sujet :

— Qu'est-ce qu'on fait cet après-midi ?

Loïc me répond timidement qu'il a déjà prévu d'aller jouer chez Nico, ce qui veut dire que je serai en pause syndicale de gardiennage cet après-midi et que Monsieur Martineau va encore une fois me payer pour jouer au gardien de sécurité de sa maison. Je m'efforce tout de même d'afficher un semblant de sourire et de lui rappeler de revenir à temps pour le souper puisque son père doit rentrer tôt ce soir.

Loïc marmonne entre ses dents, d'un ton peu convaincu :

— Ouin... Comme il était censé le faire hier et avant-hier.

Je scrute son visage avant d'avaler une autre bouchée de travers. Loïc fait des efforts considérables pour ne pas laisser voir sa peine, mais je lis en lui comme dans un livre ouvert.

Je me rapproche et me penche à sa hauteur.

— Tu t'ennuies de ton père ?

— Hmm.

— Tu voudrais le voir plus souvent, han ?

— Hmm, hmm.

Je lui caresse les cheveux en réfléchissant à ce que je pourrais lui dire pour le consoler. Les phrases toutes faites m'horripilent mais ignorer le problème n'est pas la meilleure solution. Sans prendre la défense de Monsieur Martineau, j'essaie de faire réaliser un autre point de vue à son fils.

— Tu sais, Loïc, je suis certaine que ton père préférerait passer ses journées ici, avec toi, plutôt que de se rendre à son travail. C'est pas toujours amusant pour lui non plus de passer la journée loin de toi. Tu lui manques, à lui aussi…

— Pourquoi alors il ne reste pas ici, avec moi ? Il n'est pas obligé d'aller travailler.

— Non, t'as raison. Il n'est pas obligé. Personne n'est obligé…

Je soupire. Comment est-ce que je pourrais expliquer le monde adulte à un enfant de huit ans quand moi-même j'ai de la difficulté à le comprendre ? Je pourrais jurer à Loïc que tout père aime inconditionnellement son enfant, mais ça, je n'en suis pas certaine. Sinon, pourquoi mon propre père se contenterait de prendre de mes nouvelles une fois par année ? Je tente néanmoins une explication :

— Des fois, on a des décisions à prendre. Des décisions vraiment importantes, tu comprends ? Puis selon le choix qu'on fait, c'est ce qui va faire en sorte que l'on ait ou non un toit sur la tête, de la nourriture à notre table, des vêtements chauds en hiver...

— Tu veux dire que si papa ne travaillait pas j'aurais rien de ça ?

— Oui, c'est à peu près ce que j'essaie de t'expliquer.

Je lui fais un sourire avant d'ajouter :

— Pas évident à comprendre, je le sais.

Mes explications n'ont pas satisfait Loïc, mais je crois qu'il comprend un peu mieux. Mes paroles semblent toutefois avoir semé un doute dans son esprit.

— Nouk...

— Oui ?

Loïc réfléchit encore quelques secondes avant de terminer sa phrase :

— Papa n'est pas le seul papa qui travaille, non ?

Non, il n'est pas le seul.

Je fronce les sourcils. Je ne suis pas certaine de comprendre où il veut en venir.

— Ça veut dire qu'il y a d'autres enfants qui s'ennuient comme moi de leur papa, vrai ?

— Malheureusement, oui…

— Et tout ça parce qu'il faut gagner de l'argent ?

Décidément, mon petit monstre comprend vite. Dans un cours d'économie, je n'aurais pas hésité à lui donner A+.

Loïc me regarde tout de même comme si j'étais née de la dernière pluie. Pour lui, la solution à tous nos problèmes semble claire et simple.

— Ben alors ! Si l'argent rend les familles encore plus tristes, qu'est-ce qu'on attend pour le détruire ?

En effet, qu'est-ce qu'on attend ?

Chapitre 12

Tout ce qui m'intéresse en ce moment, c'est de terminer ma dernière heure de garde à la piscine. Les coudes sur les genoux, le corps penché vers l'avant, j'étudie les moindres faits et gestes de mes sujets de garde. Sujets que je commence d'ailleurs à bien connaître. J'en vois de toutes les couleurs à la piscine. Je crois que plus rien ne pourrait me surprendre. Les baigneurs sont les mêmes d'un été à l'autre. À force de travailler ici, j'ai même réussi à les classer en quatre catégories.

Certains baigneurs passent tellement de temps ici qu'on les appelle par leur prénom. Eux, ce sont les assidus. La piscine est l'activité principale de leurs vacances estivales. Tous les jours, à la même heure, on les trouve postés à l'entrée de la piscine, gougounes aux pieds et serviette autour du cou, parés pour une autre journée dans l'eau. Ils n'en sortent qu'à la fermeture, la peau toute ratatinée, en se donnant rendez-vous à la même heure et au même poste le lendemain matin.

Il y a aussi le camp de jour. Son budget n'étant pas à tout casser, la ville permet aux enfants qui y sont inscrits de venir se tremper le bout des orteils quand bon leur semble et ce, gratuitement. Chaque jour, aux alentours de 13 h, la bande débarque comme un troupeau d'éléphants sous nos yeux. Lorsqu'on les aperçoit au loin, tous les employés de la piscine regardent leur montre en même temps en souhaitant que ce soit à leur tour de prendre une pause. C'est que la piscine est déjà remplie des gens du quartier. Alors, lorsque les groupes du camp de jour arrivent, c'est le chaos! Les surveillants ne savent plus où donner de la tête. Faut dire que ces enfants ne sont pas les plus tranquilles. Et on ne peut pas toujours compter sur le soutien de leurs moniteurs pour les calmer; pour eux, sitôt que leurs groupes mettent le pied sur le territoire de la piscine, c'est à nous, les sauveteurs, de les prendre en charge. La relation entre les moniteurs et les monitrices du camp de jour et les employés de la piscine municipale n'est donc pas des plus chaleureuses.

Ensuite viennent les hebdomadaires, ceux pour qui la piscine est un moyen pas cher de divertir les enfants. Accompagnés de leur belle progéniture, les parents viennent y passer une ou deux journées par semaine et en profitent pour se faire chauffer la couenne en veillant sur leurs marmots. Portrait de la petite famille idéale…

Et finalement, le dernier groupe et non le moindre, j'ai nommé les « *cruise-piscine* ». En fait, je dois avouer que c'est plutôt Bajou et moi qui leur avons trouvé ce surnom. Leur pseudonyme le dit bien : ce sont ceux pour qui la piscine est le lieu de « cruisage » par excellence. Mâles ou femelles, ces spécimens se situent entre quinze et soixante-quinze ans et leurs cibles sont d'autres *cruise*-piscine. Ils sont facilement identifiables. *Primo*, ils se tiennent toujours entre eux ; *secundo*, ils ne se baignent que très rarement (je n'y vois aucune logique…) ; et *tertio*, ils ont des maillots de bain dernier cri, signés Ralph Lauren ou Tommy Hilfigher. En plus d'être les plus en vogue, ils sont aussi les plus

risibles. Lorsqu'on les observe, on s'aperçoit qu'ils se comportent de la même
façon que les chevreuils en rut. Chez ces
animaux, le mâle le plus séduisant sera
celui qui se démarquera des autres par la
magnificence de ses bois et son courage
à toute épreuve. Chez le *cruise*-piscine
de sexe masculin, celui qui se démarquera le plus de ses confrères sera celui
qui affichera le plus haut ses pectoraux
et qui rira plus fort que les autres.

C'est d'un pathétique…

Et les filles ne méritent pas plus
d'éloges. Elles sont peut-être plus sub-
tiles, mais encore là elles ont du chemin
à faire. Elles jouent à celle qui aura les
cheveux les plus blonds, la peau la plus
uniformément bronzée et les accessoires
de piscine les plus originaux : sandales
en plastique à quatre-vingt-dix-neuf
dollars (elles ignorent qu'il y en a des
semblables au magasin à un dollar),
lentilles de lunettes de soleil rouges,
bleues ou violettes (pour voir la vie en
couleurs…), crème solaire à saveur de
kiwi, mangue et fruits de la passion (Est-
ce qu'elles y goûtent avant d'en
mettre ?), serviette de plage assortie aux
motifs du maillot de bain et le dernier
élément et non le moindre pour complé-

ter cette tenue estivale en beauté, le fameux sac à bandoulière, toujours pratique pour y fourrer la panoplie des accessoires énumérés ci-haut.

Il faut de tout pour faire un monde…

Je ne peux m'empêcher de reluquer du côté de la barboteuse, question de voir comment se porte celle qui, jusqu'à très récemment, était la seule à faire mon monde… Mély semble très bien se remettre de notre différend. À vrai dire, il lui va à ravir. Je ne lui ai jamais connu un air si… épanoui. En tout cas, pas du temps où je l'appelais encore « ma blonde ».

Je n'ai pas encore réussi à lui parler. Pour dire franchement, je ne me suis pas donné la peine d'aller lui parler. Pour toutes sortes de raisons, toutes plus valables les unes que les autres, que je m'amuse à énumérer : par peur de ne pas savoir quoi lui dire ou par peur d'apprendre que j'ai vite été remplacé ; par peur qu'elle me tourne le dos en me voyant arriver ou par peur qu'elle m'ignore carrément ; par peur qu'elle me saute au visage ou par peur de lire sous le sourire des autres sauveteurs que je suis un pauvre con de l'avoir laissée partir. Par peur que… Par peur, tout simplement. Je ne ferai jamais un héros très convaincant. Pas dans cette vie-ci, en tout cas.

Je détourne le regard en m'encourageant à voix basse : « Allez, Beaulieu ! Ressaisis-toi ! Laisse-toi pas abattre par cette fille-là. T'as un travail à faire, tu te rappelles ? » Mets-en, que je me rappelle. La sécurité de la moitié des enfants du quartier est entre mes mains. C'est assez difficile de l'oublier, surtout avec un patron comme le mien.

Je prends donc une grande respiration, exécute quelques rotations des épaules pour relâcher la tension dans mes muscles et replace pour la énième fois mon chapeau sur ma tête. Ça y est ! je suis prêt.

Je ne suis concentré que depuis quelques secondes lorsque j'aperçois Bajou tenant une conversation des plus animées avec une fille. Même en travaillant, mon meilleur ami ne peut s'empêcher de draguer. C'est plus fort que lui, sitôt qu'il y a une personne du sexe opposé dans les parages, il faut qu'il lui adresse la parole. Les filles sont comme des pôles Nord et Bajou, la boussole aimantée. Il est littéralement attiré par elles. Je me demande s'il y aura jamais un médicament assez fort pour contrer les symptômes de sa maladie. Moi, j'ai baissé les bras.

Je me rembrunis lorsque Bajou exécute un pas de côté en me laissant entrevoir la figure de son interlocutrice. «Traître!» que je me dis en mon for intérieur. «Il doit y avoir au moins une centaine de filles autour de lui et il trouve le moyen de flirter avec cette Anouk. Il le fait exprès ou quoi?»

Bajou gesticule exagérément en effectuant toutes sortes de mimiques. Anouk se contente de l'observer, visiblement ébahie, avant d'éclater de rire. Je mettrais ma main au feu qu'elle aussi, comme toutes les autres, elle est tombée sous le charme de Bajou. Je gage que, d'ici une semaine, elle n'aura d'yeux que pour lui et qu'ils vont se fréquenter un bout de temps avant de convoler en justes noces et on leur lancera tout plein de confettis multicolores par-dessus la tête en leur souhaitant tout plein d'amour et tout plein de beaux marmots morveux que mononcle Beaulieu se fera un plaisir de garder dans son petit deux-et-demie parce que c'est tout ce qu'il aura réussi à se payer avec l'argent qu'il se sera fait en travaillant tous ses étés comme un damné dans une piscine municipale où les baigneurs ne se noient jamais et où l'atmosphère est aussi endiablée et délurée que dans un *rave* pour personnes âgées...

Chapitre 13

Étendue sur le dos, le bras droit replié sur les yeux et le t-shirt relevé de quelques millimètres pour donner une chance aux rayons du soleil de venir chatouiller mon nombril, je me laisse engourdir doucement par la fatigue. Pour une fois, j'ai troqué mon illustre roman pour mon *discman*, et je laisse mon corps et mon âme se faire bercer par la douce mélodie d'Enya.

Je voudrais toujours vivre ainsi, couchée au soleil en me reposant paisiblement. Je voudrais rester ici assez longtemps pour ne plus faire qu'un avec le gazon vert pomme et les milliers de petits insectes qui courent sous moi. Je voudrais qu'on m'oublie ici, qu'on me laisse dormir des dizaines et des dizaines d'années sous mon grand chêne, emmitouflée dans ses racines pour l'éternité.

Je voudrais me confondre avec les éléments qui m'entourent. Je voudrais m'assoupir sous la caresse du soleil et ne me réveiller qu'à la fraîcheur de la nuit pour aller rejoindre la lune et danser avec les étoiles. Je voudrais être une ballerine du ciel...

— Nouk...

Je fronce les sourcils. Le soleil a perdu de son éclat et je sens de minuscules gouttes froides pianoter sur mes jambes nues. Je lève paresseusement une paupière pour apercevoir Loïc debout à mes pieds, le corps dégoulinant d'eau penché sur moi, me faisant écran. Je soupire en me relevant en position assise, tout en lui faisant signe de reculer pour me laisser essuyer l'eau sur mes jambes. Retour à la réalité. Tout le monde descend. Merci d'avoir voyagé avec Air Rêveur. Passez une merveilleuse journée !

J'enlève les écouteurs de mes oreilles et invite mon petit monstre à me répéter sa demande. J'ai dû mal entendre...

— J'ai soif.

Je ne me gêne pas pour le foudroyer du regard.

— Tu me niaises, j'espère, Loïc...

Mon petit monstre m'adresse un regard piteux. Il n'a pas l'air de se rendre compte de l'absurdité de la situation.

— Tu passes tes journées dans des milliers et des milliers de litres d'eau et tu viens ensuite me dire que tu as soif ?

— Je ne vais quand même pas boire l'eau de la piscine ! Il y a plein de produits tossquix dedans…

— … toxiques…

— … et tout à l'heure Nico m'a avoué qu'il n'avait même pas pris la peine de sortir de l'eau pour faire pipi.

Je ne peux m'empêcher de grimacer de dégoût. Faut peut-être jamais dire : « Fontaine, je ne boirai pas de ton eau » mais, pour celle d'une piscine municipale, il y a des limites en effet…

— Alors pourquoi tu ne prends pas celle de ta bouteille ? Tu n'avais pas besoin de me déranger pour ça !

— Justement, je l'ai utilisée tantôt pour faire une bataille de fusils à eau avec Nico…

— ALORS, VA TE DÉSALTÉRER À LA FONTAINE ! Seigneur ! t'as plus deux ans…

C'est au tour des yeux de mon petit bonhomme de lancer des éclairs :

— J'ai peut-être plus deux ans, mais je suis quand même trop petit ! Même si je suis sur le bout de mes ongles d'orteils, le jet d'eau me rentre tout le temps dans le nez! Ces fontaines-là sont faites pour des géants extragrands, pas pour des petits comme moi!

Et pour clore son discours en beauté, Loïc se croise les bras sur la poitrine en se tournant dos à moi. Je soupire et m'approche de lui en m'excusant, mais il se raidit au contact de mes doigts sur son épaule et se dégage rageusement de mon emprise.

— OK, Loïc, j'ai été méchante…

— Plus que méchante!

— D'accord! Je suis une vraie sorcière, vilaine, laide, cruelle, exécrable, nauséabonde et…

Je suis à court d'épithètes à me lancer à la figure.

— Et épaisse!

Tiens! Loïc semble être très bien parti pour prendre la relève. J'essaie de modérer ses propos. J'ai une dure carapace, mais tout de même…

— Oui, si tu veux. Mais…

— Et nouille!

— Ça aussi, si tu y tiens…

— Et fatigante!

— OK, je te l'accorde…

— Et cannibale!

— D'où tu tiens ça, toi?

— C'est toi qui n'arrêtes pas de me le dire quand tu trouves que je mange trop vite !

— Tiens, je croyais que tu n'écoutais jamais quand je te disais de ralentir le tempo à la table...

Je laisse s'écouler quelques secondes avant de rendre les armes en soupirant allégrement. Je tends une main dans sa direction :

— Bon d'accord ! je vais aller remplir ta bouteille d'eau. Donne-la-moi.

Je sens Loïc rougir jusqu'à la racine des cheveux avant qu'il me dise, d'une toute petite voix :

— C'est justement là où je voulais en venir... Comme j'ai perdu la bataille tout à l'heure avec Nico, il m'a pris ma bouteille de munitions. Alors, je n'ai plus de fusil, plus de provisions et même plus de quoi boire pour me donner de l'énergie !

— Ouin...tu ne fais plus un très vaillant soldat. Ta stratégie militaire est peut-être à revoir.

— Tu pourrais peut-être aller m'acheter une autre bouteille d'eau...

Il me semblait bien qu'il y avait un piège quelque part.

Je sais qu'il faudra tôt ou tard que je m'endurcisse, mais les yeux de chien battu de Loïc ont encore leur effet sur moi. Je me résigne donc à me lever en avertissant Loïc de surveiller nos affaires. Puis je me dirige, en traînant les pieds, vers les machines distributrices pour lui acheter sa foutue bouteille.

Bouteille qui me coûte d'ailleurs un dollar et cinquante sous ! C'est du vrai...

— C'est du vrai vol !

Je me retourne pour mettre un visage sur cette voix qui termine si harmonieusement mes pensées. Les traits durcis, *Lord* Bajou contemple la machine distributrice par-dessus mon épaule d'un air découragé. Il poursuit, d'un ton tout aussi las :

— La journée où je décide de ne pas m'apporter de rafraîchissement au travail, il faut que j'aie soif comme un poisson rouge au beau milieu d'un désert...

Puis son regard semble enfin capter le mien et ses yeux s'illuminent alors qu'il me reconnaît.

— Eh bien, eh bien ! le monde est petit ! Heureux de vous revoir, chère amie.

— Heureuse de vous revoir moi aussi.

— Vous pouvez me tutoyer, vous savez…

— Je vous retourne l'invitation.

Bajou me gratifie d'un sourire charmant avant d'ajouter, cette fois en omettant de prendre un accent de riche bourgeois :

— Je pense qu'on peut laisser tomber les grandes paroles de milieu aisé.

— Pourquoi ? C'est agréable de se glisser dans la peau d'un personnage.

— Ah, pour ça, je suis d'accord, mais il me faut un texte. L'improvisation n'est pas vraiment mon domaine.

— Je trouvais pourtant que tu te débrouillais bien…

— Mais, madame, il est facile de se débrouiller lorsque l'on a la chance de contempler un visage resplendissant comme le vôtre…

On éclate tous les deux de rire devant un tel compliment. Je me reprends la première en lui demandant d'où lui vient ce don de l'éloquence. Sa réponse me fait rire de plus belle :

— Voyons voir, laquelle de mes marraines m'a transmis ce don ? Je crois que c'est la fée Clochette. À moins que ce soit la fée Carabosse ? Non, celle-là m'a fait don de la beauté, comme tu peux le constater. Je te laisse admirer, vas-y, ne te gêne pas. Tu peux même toucher, c'est cent pour cent naturel. Aucune fibre synthétique là-dedans. Aucun dérivé de clone ou de brebis Dolly. Je suis unique au monde et fier de l'être.

Voyant que je suis incapable d'arrêter de rire, Bajou me laisse quelques secondes de répit avant d'enchaîner :

— Tu sais, ma grand-mère de quatre-vingt-onze ans s'est fait inséminer le mois dernier et on a su au début de la semaine qu'elle attendait des triplés. Des triplés, tu te rends compte ? Va falloir lui agrandir sa niche, ça n'a pas de bon sens…

Lorsque je me calme enfin, Bajou ajoute, plus sérieusement :

— Pour répondre à ta question, qui au début semblait toute simple mais à laquelle je n'ai pu m'empêcher de déblatérer à propos de mes origines, j'ai terminé mon DEC en arts et lettres, profil arts d'interprétation, et je vais entrer à la fin du mois d'août à l'université en communication.

— Ah, voilà qui explique tout.

— Plus ou moins. Disons que dix pour cent de ma vie t'ont été dévoilés. À ton tour maintenant…

— Moi ?

Je réfléchis rapidement pour ne pas avoir l'air pitoyable à ses côtés. Puis une idée me traverse l'esprit.

— Retourne-toi.

Bajou me regarde, médusé :

— Oh, moi, c'est jamais dès le premier soir, ma belle ! Va falloir qu'on se connaisse un p'tit peu mieux, là…

Je lève les yeux au ciel :

— Idiot ! ce n'est pas ton corps qui m'intéresse ! Je veux te montrer dix pour cent de ma vie.

Bajou obtempère, après quelques éclats de rire.

— Bon… Tu vois le support à bicyclettes, là-bas ?

— Oui.

— Juste à côté, il y a un grand chêne…

— Celui avec des pissenlits à ses pieds ?

— Oui, tu le vois ?

— Hum, hum.

— Eh bien, tu vois aussi le petit bonhomme debout devant l'arbre, qui agite les bras dans notre direction ?

Bajou me lance un coup d'œil par-dessus son épaule gauche.

— Ce petit bonhomme-là représente plus que dix pour cent de ma vie. Il doit au moins valoir soixante pour cent de mon été. Il s'appelle Loïc et je le garde six jours par semaine, huit heures sur vingt-quatre. Il attend impatiemment que je lui rapporte une bouteille d'eau pour qu'il puisse retourner jouer dans la piscine. Alors je te souhaite de passer une agréable fin de journée et j'espère que tu ne m'en voudras pas de te laisser planté là pour aller le retrouver.

Devant son air désappointé, je m'empresse de le rassurer d'une voix tout sucre, tout miel :

— Ne le prends surtout pas personnel ; tu es d'une agréable compagnie, mais je préfère les petits roux tout maigres aux grands bronzés dans ton genre !

Chapitre 14

Si j'entends encore quelqu'un clamer haut et fort qu'il fait chaud sans bon sens, je le lance dans la clôture. Est-ce que le monde pense que le fait de répéter qu'on crève de chaleur toutes les vingt-trois secondes va leur apporter un répit de canicule ? NON ! Alors est-ce qu'on peut suffoquer en silence, s'il vous plaît ?

Lorsque deux personnes se rencontrent, la première parole qui sort de leur bouche c'est : « Il fait chaud, han ? » C'est LA phrase de l'heure ! Elle a surclassé le « Allô, comment ça va ? » traditionnel.

Oui, je l'admets, c'est humide à l'extérieur, c'est collant de partout, j'ai l'impression d'être une Trident écrasée sur l'asphalte brûlant, mais ce sont les joies de l'été. Entre ça et mourir de froid une seconde fois durant une longue période de verglas, la question ne se pose même pas.

De toute façon, ils sont bien là, écrasés sur le bord de la piscine comme des mouches mortes. On ne voit même plus le gazon tellement il y a de monde aujourd'hui. On dirait qu'ils se sont tous passé le mot…

Je suis arrivé plus tôt au travail. Moi aussi, je voulais en profiter pour faire une saucette rafraîchissante avant d'aller rôtir comme du *bacon* sur mon trône de surveillance. Georges n'apprécie pas beaucoup que ses employés se baignent dans sa piscine. Allez savoir pourquoi! C'est l'un de ces règlements stupides qu'il n'a jamais pris le temps de nous expliquer. Moi, je dis que les règlements existent pour être transgressés. Surtout lorsqu'ils sont émis par Georges.

— Qu'est-ce que tu fais ici?

Je jette un coup d'œil par-dessus mon épaule gauche. Loïc se tient à quelques centimètres derrière moi et semble prendre un malin plaisir à m'examiner de la tête aux pieds.

Je ne peux m'empêcher de lui répliquer d'un ton ironique :

— Eh, salut, Loïc! Comment ça va? Oh, moi… pas si mal! Ça fait longtemps qu'on ne s'est pas vus. Je suis content de te voir !

Sans même cligner des yeux, Loïc me répète sa question, faisant abstraction de ma tentative de blague. Je lui réponds donc, sur le même ton :

— Eh bien, je fais comme tout ce beau monde : je fais la file.

Ma réponse ne semble pas le convaincre. Ses yeux bleus continuent de me fixer intensément, comme s'il cherchait à découvrir un terrible secret. Puis, les mains sur les hanches, il me demande, la voix remplie de doute :

— Tu ne vas pas sauter du tremplin quand même ?

— Bien sûr que non ! J'avais seulement l'intention de grimper, admirer la vue quelques secondes et redescendre.

Mon humour ne le fait pas rire. Il soupire d'exaspération et me lance un regard que j'interprète comme un commentaire désobligeant semblable à : « Ce qu'ils peuvent être bêtes, ces adultes ! »

Je me détourne quelques secondes, le temps de suivre la file qui avance et, lorsque je lui jette de nouveau un regard, je suis surpris de le découvrir encore dans son état de contemplation. Je savais que j'étais fascinant, mais à ce point-là…

Avant de devenir complètement exaspéré, je me décide enfin à le faire réagir :

— Je peux savoir ce qui cloche chez moi ? T'as jamais vu un sauveteur plonger ?

Loïc laisse s'écouler plusieurs secondes avant de cracher le morceau :

— Nouk dit que tu ne sais pas sauter…

Voilà qui est intéressant !

— Ah, oui ? Elle a dit ça, han…

— Oui. Elle m'a dit : « Gilligan, c'est rien qu'un maudit peureux ».

Je le regarde sans comprendre.

— Gilligan ?… C'est qui ?

Loïc tend un doigt dans ma direction en pouffant de rire.

— C'est toi, c't'affaire !

Je me détourne de son regard moqueur en marmonnant entre mes dents :

— Ah, bon… Heureux de l'apprendre. Est-ce qu'elle m'afflige de beaucoup de surnoms dans ce genre-là ? Ah et puis je ne veux même pas le savoir. Maudite chipie !

C'est bientôt à mon tour de gravir les barreaux de l'échelle pour sauter.

Heureusement, parce que je ne me serais pas retenu encore longtemps devant son petit monstre pour l'affubler à voix haute de qualificatifs tous aussi aimables les uns que les autres. D'où est-ce qu'elle tient ça, « elle », Gilligan ?

— Wow ! Comment t'as fait ça ?

— Comment j'ai fait quoi ?

Je me hisse hors du bassin d'eau devant Loïc, qui me semble sidéré. Je prends mon temps pour me redresser, réajuster l'élastique de mes shorts et me remettre en file en ébouriffant mes cheveux mouillés, talonné par un petit bonhomme qui ne tient plus en place. Agacé par ses mille et une questions à propos de mon plongeon, je me retourne vers lui et lui réponds d'un ton impatient :

— Loïc, je sais pas comment je fais ça. Je le fais, c'est tout ! Je plonge depuis que j'ai six ans. Ça fait longtemps que j'ai oublié la méthode, OK ?

Ma réponse a dû surprendre mon interlocuteur puisqu'il me fixe sans comprendre ma réaction. Ses yeux bleus font un joli contraste avec le coup de soleil sur son nez.

Loïc se détourne enfin en affichant sans doute son air le plus triste. Les épaules courbées vers l'avant, la tête basse et la lèvre inférieure incurvée en une moue boudeuse, il s'applique merveilleusement bien à faire pitié. On devrait lui décerner le trophée du meilleur acteur dans une série dramatique pour enfants. Je l'observe quelques secondes de biais, hésitant entre éclater de rire ou me confondre en excuses. Finalement, c'est en soupirant que je lui explique, d'une voix beaucoup plus patiente, les rudiments du métier de plongeur. En moins de deux, le sourire réapparaît sur les lèvres de Loïc et il m'écoute attentivement lui prodiguer mes conseils comme si je lui révélais l'existence d'une ville enfouie au fond de la mer.

Accroupi au bord de la piscine, je démontre à mon nouvel élève comment s'y prendre pour plonger. Après un bon quinze minutes de pratique, je dois admettre que Loïc comprend vite et qu'il se débrouille plutôt bien. Sa technique manque de souplesse, mais ça viendra avec le temps. Il n'est tout de même pas si mal pour un débutant.

— Eh bien, eh bien ! qu'est-ce que je vois ? Gilligan qui donne des cours à mon petit Loïc ! Je peux savoir combien tu lui charges de l'heure avant de n'avoir plus un sou en poche ?... Parce que le bénévolat, ça ne te ressemble pas.

Je profite du fait que je suis dos à Anouk pour lui faire une mimique pas du tout jolie. Je réponds néanmoins sur un ton calme :

— En voyant Loïc tout seul, à se tourner les pouces sur le bord de la piscine, je me suis dit que je devrais peut-être le désennuyer un peu, gratuitement. Faut bien que quelqu'un s'occupe de lui.

La nouvelle venue m'adresse un regard torve en se pinçant les lèvres et se retourne ensuite lentement vers son petit monstre. Loïc babille à qui mieux mieux à propos de sa dernière performance aquatique.

Je m'apprête à les laisser en tête-à-tête lorsque j'entends quelqu'un crier mon nom. J'aperçois Bajou qui sautille de joie vers nous, un grand sourire illuminant son visage. Excité, il ne prend même pas la peine de saluer qui que ce soit et s'empresse de me faire part de ce qui le rend si heureux :

— Bébé ! j'ai une bonne et une mauvaise nouvelles pour toi. Mais comme il fait beau dehors, que le soleil brille, que les oiseaux chantent allégrement et que les fleurs… Qu'est-ce qu'elles font les fleurs ? Enfin, bref ! ce n'est pas ce qui est important. Mais à cause de toutes ces raisons, je vais commencer par la bonne nouvelle : notre superboss nous a donné congé à tous les deux samedi prochain ! Alors, comme je suis ton meilleur *chum*, je me suis dit qu'on pourrait passer cette journée aux glissades d'eau ! C'est-ti pas génial, ça ?

En effet, c'est génial. Depuis le temps qu'on harcèle Georges pour qu'il nous donne une journée de congé commune pour y aller, disons qu'il était à peu près temps. Ce qui me chicote, c'est la mauvaise nouvelle… que Bajou se hâte de me dévoiler :

— Tu te rappelles que mes parents partent pour deux semaines rendre visite à mes grands-parents à leur café-couette ? Eh bien, à partir de jeudi, je suis celui qui se porte garant de la santé, de la sécurité, du bien-être et du divertissement de Cassie…

— Oh, non, Bajou ! Tout mais pas ça !

— Qui est Cassie ?

La voix d'Anouk fait sursauter Bajou, qui ne les avait même pas remarqués, elle et Loïc. Il s'empresse de les saluer et de répondre à la question.

Cassie, pseudonyme de Cassandra, est la petite sœur de Bajou. Capricieuse, insupportable, gâtée pourrie par ses parents et surtout par son grand frère, c'est la copie conforme de Loïc, en deux fois pire. Même qu'il est un ange à côté d'elle. Incapable d'apprécier le silence, elle pose toujours mille et une questions à propos de tout et de rien : la composition du Cheez Whiz et celle du beurre d'arachide, le pourquoi des abeilles qui butinent, le comment de la lumière qui s'allume quand on frappe des mains, le « Ça sert à quoi ? » de tous les boutons de la voiture... Bref, elle pose toutes les questions qu'on a pu se poser lorsqu'on était petits mais qu'on n'osait pas poser à voix haute de peur de trop achaler nos parents. Le genre de questions auxquelles on n'a pas de réponse intelligente. Le genre de questions qui, si elles ont le malheur de rester sans réponse, entraînent une panoplie d'autres questions. Le genre de questions qui tombent sur les nerfs, finalement !

Et là, son grand frère est en train de me dire qu'il va falloir que je l'endure durant ma seule et unique journée de congé de la semaine ? Je m'applique à défendre ma cause auprès de Bajou, devant une Anouk manifestement ravie de mon mauvais sort.

— On ne va quand même pas la trimballer avec nous à Val-Cartier !... C'est à plus de deux heures de route. T'imagines toutes les haltes pipi qu'il faudra faire ? Tous les « J'ai faim ! » qu'il va falloir endurer ? Tous les « Quand est-ce qu'on arrive ? » qu'elle va demander ? Je t'avertis tout de suite : je ne vais pas passer ma journée dans la barboteuse avec elle.

— Ce que tu peux être égocentrique, des fois, bébé ! Elle t'aime, ma petite sœur. Elle va avoir le cœur brisé quand elle va savoir que tu ne veux pas qu'elle nous accompagne.

— Tu sais autant que moi qu'elle va nous gâcher notre journée, Bajou. Fais-la garder par une voisine, laisse-la au camp de jour, enferme-la dans ton sous-sol, fais n'importe quoi mais ne l'amène pas avec nous !

Bajou me fait un sourire désolé avant de poser sa main sur mon épaule en me disant que c'est à prendre ou à laisser. J'ouvre la bouche pour parler, mais Anouk est plus vite que moi et lance une de ses flèches empoisonnées :

— À ta place, je mettrais une croix sur votre sortie, Bajou. Gilligan n'est pas le genre de gars qui ferait passer le bonheur des autres avant le sien. *Me, myself and I.* C'est ça, ta philosophie de vie, Gilligan. Non?

Je suis piqué au vif. Bajou éclate de rire et Anouk me fixe, le visage impassible, mais je devine qu'elle est aux petits oiseaux de m'avoir rabroué. Je vais lui en faire, moi, du *me, myself and I* !

— T'as raison, Anouk. Même si c'est la deuxième fois que je te parle, tu me connais tellement bien que tu es capable de prévoir le moindre de mes gestes et la moindre de mes répliques. Avais-tu prévu celle-là : Je fais tellement passer le bonheur des autres avant le mien que j'ai décidé de te faire plaisir et de t'inviter à nous accompagner, Bajou, Cassie et moi, aux glissades d'eau, samedi prochain. Qu'est-ce que tu penses de ça?...

Fier de mon coup, je tourne la tête vers Bajou, qui me regarde en fronçant les sourcils. Il doit être en train de se demander si j'ai pris un coup sur la tête.

Loïc nous dévisage à tour de rôle, puis ses yeux s'attardent sur sa gardienne muette. Ne voulant pas laisser passer une si belle occasion, il répond à sa place :

— OK. À quelle heure on part ?

Chapitre 15

Je soupire en me posant encore une fois la même question : « Qu'est-ce que je fiche ici ? » Moi qui m'étais juré de ne jamais mettre les pieds dans un endroit comme celui-ci, me voilà bel et bien dans le vestiaire des filles du village vacances Val-Cartier, à enfiler mon vieux maillot de bain et à me poser inlassablement cette question, comme un vieux disque qui sauterait.

Ça fait au moins cinq minutes que je me suis enfermée dans ma cabine et que je m'observe sous toutes les coutures. « Mon maillot n'était pas si petit l'été dernier. Ou est-ce que c'était l'été d'avant la dernière fois que je l'ai porté ? » Je tire sur les coutures et les bretelles pour voir s'il n'y aurait pas un bout de tissu coincé quelque part. Ce n'est pas normal qu'un maillot de bain colle autant à la peau ! On dirait qu'il moule gracieusement mes pires complexes...

Maudit soit mon père ! C'est à cause de lui si je ressemble à ça ! En regardant mes parents ensemble, tout le monde a dû se dire un jour ou l'autre qu'ils allaient avoir des enfants ultrabeaux : Mon père est ni plus ni moins dans les normes de beauté et ma mère aurait facilement pu gagner sept fois le prix de *Miss* Chibougamau. (C'est dans ce petit trou perdu qu'elle a grandi.) Mais au lieu d'hériter des courbes invitantes de ma mère, de sa bouche à la Betty Boop et de ses cheveux soyeux, je suis le portrait craché de mon père, version féminine.

Trois petits coups impatients sont administrés à la porte de ma cabine.

— Anouk ! tu t'en viens ?

Le ton enjoué de Cassie me fait soupirer de plus belle. « Dans quelle galère me suis-je embarquée ? » Je secoue la tête de gauche à droite et prends une grande inspiration.

— J'arrive ! Ça ne sera pas long !

Je ramasse mes vêtements et les fourre dans mon sac à dos. En ouvrant la porte, j'aperçois Cassie près d'une case qu'elle tient grande ouverte. Son petit bikini vert fluo contraste vivement avec les tons plus classiques des maillots des autres femmes dans le vestiaire. Je dois avoir le double de son âge et j'ai à peine le courage de porter mon vieux maillot bleu marin.

— Il était à peu près temps! Ça fait au moins vingt minutes que je t'attends.

Lorsque nous arrivons au lieu de rencontre, ces messieurs sont déjà prêts et nous attendent en s'obstinant sur la première glissade de la journée que nous ferons. C'est Loïc, le premier, qui nous voit arriver et il nous accueille avec un «Il était temps! Ça fait au moins une demi-heure qu'on vous attend!» Cassie riposte en me montrant du doigt:

— C'est à cause d'elle. Je n'ai jamais vu une tortue aussi lente pour se changer.

Les regards convergent vers moi (exactement ce que je ne voulais pas) et quatre paires d'yeux me fixent en attendant une explication. Je ne sais plus où mettre mes bras. Je décide enfin de les croiser sur ma poitrine. J'essaie tout de même de conserver un air détaché pour répondre:

— Qu'est-ce que vous voulez? On est comme ça, les filles...

Je me sens rougir jusqu'à la racine des cheveux. Bajou, à qui rien n'échappe, se moque de moi en me lançant que le rouge me va plutôt bien. Quelle n'est pas ma surprise de voir Cassie prendre ma défense en répliquant à son frère :

— C'est parce que tu ne t'es jamais vu rougir quand le téléphone sonne trois petits coups chez nous pour nous annoncer un appel de longue distance !...

Le visage de Bajou s'empourpre à ces mots et c'est en baissant les yeux qu'il demande gentiment à sa chipie de sœur de la boucler. Gilligan, qui est demeuré en retrait, s'empresse de taquiner son meilleur ami :

— Bajou ! je ne savais pas que les appels érotiques de ta grand-mère de Roberval te faisaient autant d'effet !

Bajou s'empresse de défendre l'honneur de sa grand-mère en infligeant un coup de poing à l'épaule de Gilligan. Bon joueur, ce dernier lève les bras au ciel et laisse tomber la bataille sans demander son reste.

— Bon, est-ce qu'on attaque notre première glissade ?

Gilligan se frotte les paumes l'une contre l'autre, comme un enfant qui ne peut plus attendre devant ses cadeaux de Noël. Il me fait rire et je ne peux m'empêcher de plaisanter :

— Coudonc, Gilligan, as-tu si hâte d'aller jouer dans la barboteuse ?

Monsieur se retourne vers moi en haussant les épaules pour me signaler que mes insultes ne l'atteignent pas. Je jette un coup d'œil de biais à Bajou en fronçant les sourcils. Il est à prendre avec des pincettes, Gilligan, aujourd'hui ou quoi ? On n'apprécie plus les bonnes blagues ? En soupirant, Bajou regarde son meilleur ami prendre les devants, puis son regard croise le mien. Il tente de me rassurer en me lançant un clin d'œil.

Loïc me tire par la main en m'enjoignant de le suivre. Il sautille de joie et un grand sourire lui barre le visage.

— Par laquelle on commence ?

Voyant que ni moi ni Gilligan on n'ose émettre une suggestion, Bajou propose de débuter par les Dégringolades, question de briser la glace en douceur avec les glissades. C'est à ce moment que Gilligan daigne enfin se retourner vers nous pour nous dire d'un ton catégorique :

— Pas question ! On débute par l'Everest comme on l'a toujours fait, Bajou. Tu te rappelles ?

Je saisis très bien ce qu'il veut insinuer. « Tu te rappelles ? Avant, quand on était juste les deux et qu'on n'avait pas à traîner une fille et deux enfants avec nous ? » Je lui fusille la nuque du regard. S'il voulait être seul avec Bajou, il n'avait qu'à ne pas nous inviter.

Je demande à la ronde ce qu'est l'Everest. Bajou me montre une glissade du doigt. Je déglutis péniblement en constatant que ce nom lui convient bien : elle est sans doute la plus haute de tout le parc aquatique ! Je jette un coup d'œil à Loïc et le vois fixer des yeux la glissade en blêmissant. J'essaie de modérer les envies de Gilligan.

— Peut-être qu'on pourrait commencer par quelque chose de moins… haut.

— Oui, viens-t'en, bébé. On va commencer par les Dégringolades. C'est moins pire.

Le bébé en question s'arrête net de marcher et se retourne lentement vers nous, les mains sur les hanches en signe de défi et un drôle de sourire aux lèvres. Il nous observe à tour de rôle, Bajou et moi, avant de nous dire :

— Vous êtes donc ben pouilleux ! Avouez que vous avez peur…

Bajou renchérit sur le même ton :

— Ce n'est pas qu'on a peur. C'est juste que, au cas où tu l'aurais oublié, il y a des enfants avec nous. Peut-être qu'ils aimeraient mieux commencer leur journée par quelque chose de moins effrayant, qu'est-ce que t'en penses ?

— Moi je pense que tu te sers de l'excuse des enfants pour cacher que t'as une sacrée frousse de l'Everest.

— C'est pas ça pantoute ! C'est juste que je pense aussi au plaisir des autres.

— Trouillard...

— Égocentrique !

J'interviens avant que ça dégénère en combat de coqs :

— Hé ! on a tous remarqué que vous carburez à la testostérone. C'est beau, on a compris : vous avez tous les deux des gros bras ! Bajou, ça ne sert à rien que tu argumentes avec lui, il est aussi têtu qu'un âne ! Ce que je propose c'est que vous alliez tous les deux faire votre glissade pendant que je surveille Loïc et Cassie. Ça vous va ? Et voilà, c'est réglé ! Plus besoin de déclencher la Troisième Guerre mondiale. La paix dans le monde est rétablie.

Bajou m'observe quelques secondes, soudainement muet, en se grattant le cuir chevelu, comme s'il pesait le pour et le contre de ma proposition. Gilligan se contente de baisser les yeux puis de

regarder au loin, en évitant soigneusement mon regard. Seigneur que c'est
compliqué, des gars !

C'est Bajou, le premier, qui brise le
silence en me demandant d'une voix
plus calme si ça ne me dérange pas de
rester avec sa sœur et Loïc. Je lui réponds
que ça me fait immensément plaisir et
qu'on va même aller les attendre au pied
de l'Everest. Comme ça, s'ils perdent
leurs shorts en descendant, j'aurai une
bonne raison de me moquer d'eux durant
le reste de l'après-midi ! Bajou éclate de
rire puis me dit qu'il va s'assurer qu'ils
soient bien ajustés avant de glisser.

L'harmonie est enfin revenue au sein
de notre groupe. Tout le monde semble
avoir retrouvé sa bonne humeur. Mis à
part ce Gilligan. Mais bon, c'est un
détail…

Chapitre 16

— C'était amusant, l'Amazone ! Est-ce qu'on va pouvoir la refaire ? Et je veux aller dans le parc pour enfants avant de partir, je veux essayer la corde de Tarzan. Nico m'a tellement achalé avec ça. Je vais pouvoir enfin lui dire que je l'ai faite ! Toi, ça a été quoi ta glissade préférée ? Moi, c'étaient les Joyeuses Glissades. Avec les jets d'eau qui nous poussaient et... Tu crois qu'on va pouvoir la refaire elle aussi ? Ah, j'ai tellement envie de pipi... Je ne pourrai pas me retenir encore longtemps. Est-ce que c'est bientôt à nous ?

Je baisse les yeux vers Loïc. Les jambes serrées l'une par-dessus l'autre, le menton en l'air et le nez retroussé, il tente du haut de son 1,37 m de voir si la file avance. Je n'ai qu'à pencher la tête de côté pour évaluer la distance qu'il nous reste à parcourir avant d'entrer dans la toilette des hommes. Je calcule qu'on en a encore pour un bon quinze minutes d'attente. Je croise les doigts derrière mon dos en priant le ciel pour que Loïc soit capable d'attendre.

J'écoute d'une oreille le bavardage de mon compagnon de file. Je me contente de sourire de temps en temps ou de hocher la tête, ce qui semble grandement le satisfaire puisqu'il continue de cancaner à propos de la journée « superdébile écœurante mégachouette au cube » qu'il vient de passer.

C'est en continuant toujours à parler que Loïc entre finalement dans le sanctuaire de ces messieurs. Une fois sorti, il décide qu'il a soif (c'est presque incroyable, vu les circonstances...) et il m'annonce qu'on doit encore faire la file pour la fontaine, mais que ça ne prendra pas beaucoup de temps parce qu'il est certain d'être le seul de tout le parc aquatique à avoir soif. Évidemment il a tort car la moitié des baigneurs doivent bien s'être donné rendez-vous à cet endroit. Nous nous mettons donc encore une fois en file et nous attendons.

J'ai l'impression de passer le tiers de mes journées à attendre en file. Je vais au guichet automatique, je dois faire la file. J'ai envie d'aller au cinéma, je dois encore faire la file. Je commets l'erreur de m'acheter un chandail dans une boutique et… je dois faire la file pour le payer. On est nés pour faire la file. Ça doit être écrit dans les lignes de la main de chaque citadin : « Tu vois ta ligne de file ? Elle s'allonge jusqu'à ton coude ! »

Ce qui me dérange dans le fait de devoir faire la file, c'est que ça me fatigue. Je dirais même que ça me fatigue encore plus que de faire les glissades. On dirait que mon niveau d'énergie est à son plus bas. Je suis en train de me demander pourquoi j'ai accepté d'accompagner Loïc à la salle de bains. C'est une vraie torture physique…

— … parce que mon papa dit que c'est important de boire beaucoup d'eau en été pour se dé… « déltasthérer » et ne pas mourir de soif et être tout ratatiné comme un vieux monsieur qui pue…

… Et psychologique aussi. Comment elle fait, Anouk ?

— Toi, est-ce que tu vas mourir de soif ?

— Je ne crois pas, non.

— Parce que tu n'as pas bu une seule goutte d'eau de la journée…

— Je me suis fait des réserves avant de partir. Ne t'en fais surtout pas pour moi. Tiens, c'est à ton tour.

Après que Loïc se soit bien « déltas-théré » (j'ai presque cru qu'il allait se noyer dans la fontaine tellement il était bruyant), nous retournons rejoindre les autres à la piscine à vagues. Comme elle est remplie à craquer, ni Loïc ni moi ne voulons entrer dans l'eau. Nous nous assoyons donc sur un banc à proximité.

Je cherche des yeux nos trois com-pères. Pas évident de les distinguer dans cette foule. Après quelques minutes d'observation, je les trouve enfin en train de s'amuser et de rire aux éclats. Les filles se sont mises les deux contre Bajou et l'aspergent d'eau. Mon ami se débrouille du mieux qu'il peut pour se défendre, mais on voit bien qu'il n'a pas le dessus.

— Je vais me marier avec elle quand je vais être plus vieux.

Mes yeux quittent les trois mousque-taires et se posent sur Loïc, assis bien droit à mes côtés.

— Avec qui ?

Loïc lève les yeux vers moi et rougit. Je le pousse un peu du coude, pour le taquiner.

— Allez ! Dis-le-moi, avec qui ?

— Avec Anouk…

Ah, bon… Je fixe Loïc en me demandant ce qu'il faut répondre dans de pareilles circonstances. Est-ce qu'il faut que je l'encourage (ils ont à peine, quoi ?… dix ans de différence ?) ou est-ce que je lui remets les deux pieds sur terre et tente plutôt de lui montrer les bons côtés de Cassie qui ferait une bien meilleure candidate ? Avant que j'aie pu me décider à répondre quoi que ce soit, Loïc poursuit :

— Elle est belle, han ?

Mes yeux passent de Loïc à sa bien-aimée. Anouk, belle ? Si on la mettait aux côtés de Mélyssa, elle aurait sans doute l'air d'un vilain petit canard. Elle ne lui arrive pas à la cheville. Mély, c'est une déesse. Elle est superbe, parfaite. Ses longs cheveux blonds, toujours impeccablement peignés, jamais une mèche de travers. Ce n'est pas comme cette espèce de tignasse désordonnée qu'Anouk a sur la tête. En plus, ils sont courts. Je n'aime pas les filles aux cheveux courts. Ça manque de féminité.

Et puis, Mély a des formes, superbement dessinées d'ailleurs. Je ne sais pas dans quel magazine de mode ses parents l'ont dénichée, mais ce n'était sans doute pas dans *Femmes contemporaines*! Et puis elle est uniformément bronzée. De A à Z, si vous voyez ce que je veux dire! Elle a été conçue pour qu'on la regarde. Mély doit bien faire une tête de plus qu'Anouk. Et ses formes ne sont pas comparables. En plus d'être petite, Anouk est plate comme une planche. Elle est tellement maigre que j'aurais peur de lui briser les os si je la prenais dans mes bras.

Et Mély a cette façon de vous regarder qui vous fait sentir important et unique. Chaque fois que je me perdais dans ses yeux, j'oubliais le monde autour de moi. Anouk vous observe en fronçant les sourcils comme si elle vous analysait. J'ai l'impression de passer au bistouri chaque fois qu'elle me regarde.

Anouk est une fille bornée, butée et entêtée. Rien à voir avec la douceur et le charme de Mély. D'accord, j'avoue que Mély est un peu capricieuse et qu'elle a un sacré caractère quand elle s'y met, mais elle trouve toujours un moyen agréable de se faire pardonner ses petits élans de colère.

Tandis qu'Anouk a l'air d'avoir érigé une barricade autour d'elle. Il faut plus que de simples pirouettes pour l'impressionner. Même Bajou, connu pour avoir brisé le cœur de la moitié des filles de notre quartier, n'a pas encore réussi à percer sa carapace. Et ce n'est pas par manque de persévérance! Il a beau la complimenter, lui chanter la pomme, rien n'y fait. Oh, elle n'est pas indifférente à son manège. Elle lui répond sur le même ton et embarque dans son jeu, mais... Je ne sais pas. Ils ont plus l'air d'être complices que d'être en amour l'un avec l'autre. Malgré le fait que des fois j'ai certains doutes. À la façon dont ils se regardent, les sourires qu'ils se font quand ils croient qu'on ne les regarde pas, on dirait qu'ils se connaissent depuis toujours, ces deux-là. Ça en devient même parfois franchement énervant...

— En tout cas, pour moi, c'est la « plusss » belle fille que j'ai vue.

La voix de Loïc me fait revenir sur terre. Je n'ai pas le temps de réfléchir que ma réplique franchit déjà mes lèvres :

— C'est parce que tu n'es pas souvent sorti de chez toi, mon grand !

Ce qui se voulait une petite plaisanterie fait monter Loïc sur ses grands chevaux. Rouge de colère, il se retourne vivement vers moi en me crachant à la figure :

— Oui, Anouk c'est la plus belle, OK ! C'est juste que t'es trop niaiseux stupide bébé lala pour t'en rendre compte. Maudit paquet de nouilles !

Bouche bée, je regarde Loïc s'éloigner sans savoir quoi dire pour me rattraper. C'est devenu une habitude : je me fais toujours rabattre le caquet par l'un ou par l'autre. Quand ce n'est pas Anouk qui me remet à ma place, c'est Loïc qui le fait. Le mauvais caractère de sa gardienne déteint sur lui !

Une chose est sûre : la prochaine fois que je voudrai taquiner quelqu'un, j'y penserai par deux fois. Mon humour n'est pas apprécié de tout le monde…

Chapitre 17

La tête appuyée sur la vitre du côté passager, je m'amuse à compter les étoiles dans le ciel. En ville, je n'ai pas vraiment l'occasion de les admirer. Ici, il n'y a ni lampadaire ni gratte-ciel. Il n'y a que la lune et les millions d'étoiles pour éclairer notre route.

Je fais mine de me gratter l'oreille pour observer notre conducteur de biais. Étrangement calme et silencieux, Gilligan semble s'être encore une fois recroquevillé dans sa bulle. Je me demande sur quelle planète il médite. Durant tout l'après-midi, il nous a montré un visage impassible qui ne laissait entrevoir aucune émotion. Même le choix des glissades le laissait indifférent. Je me demande ce qui s'est passé avec Loïc pour qu'on ait droit à ce soudain changement d'attitude. Parce que Loïc est derrière tout ça, j'en suis certaine. Mon petit monstre ne se fâche jamais pour rien. Et quand il fait son air de babouin, c'est que quelque chose ne fait pas son affaire.

Je m'étire les bras en bâillant et en-trouvre la fenêtre de quelques milli-mètres pour laisser entrer de l'air frais dans l'auto. Je passe ma main dans mes cheveux pour les ébouriffer un peu et surprends le regard amusé de Gilligan.

— Quoi ? Qu'est-ce que j'ai ?...

Gilligan se contente de rire tout bas en me faisant un signe de la main pour que je laisse tomber. Il ne s'en sortira pas à si bon compte. Je le harcèle pour qu'il me dise ce qui le fait rire. Il me fait signe de baisser le ton en m'indiquant les deux enfants sur la banquette arrière, assoupis sur les épaules de Bajou, qui semble lui-même endormi.

Je chuchote donc :

— Qu'est-ce que j'ai ?

— Rien du tout.

— Alors pourquoi t'as encore ce sou-rire niais sur le visage ?

Gilligan se contente de se mordre la lèvre inférieure en demeurant silen-cieux. Il m'agace. Je sens que je vais bientôt sortir mes griffes.

— Arrête de te moquer de moi ! Je te faisais rire et je veux savoir pourquoi !

Gilligan me lance un coup d'œil pour s'assurer que je suis en état de recevoir sa confidence et soupire avant de me répondre, tout bas :

— T'as les cheveux trop courts…

Je demeure muette quelques instants. Qu'est-ce que je suis censée répondre à ça ?

— J'ai les cheveux trop courts ?

— Hmm, hmm…

— Ça veut dire quoi, ça : « J'ai les cheveux trop courts » ?

— Ça veut dire que t'as les cheveux trop courts.

— Je sais ce que ça veut dire ! Je veux savoir pourquoi tu me dis ça !

— Eh bien… je trouve que tu as l'air d'un garçon manqué.

Il me jette un rapide coup d'œil de côté pour voir ma réaction. Je me croise les bras sur la poitrine et me retourne vers la fenêtre. Il soupire :

— Je savais que je n'aurais pas dû te le dire.

— Non, t'as bien fait. Tout le monde a droit à son opinion.

— Je savais que ça allait te fâcher.

— Je ne suis pas fâchée !

— Ah, non ? Alors pourquoi tu boudes ?

Je ne réponds pas. « Les cheveux trop courts, han ?… Garçon manqué ? Pff ! »

— Vous êtes compliquées, vous, les filles.

— Ah oui ? Et en quoi sommes-nous compliquées ?

— Vous comprenez tout de travers.

— Ah, parce que j'aurais dû prendre ta remarque pour un compliment, peut-être ? Il est où, le compliment dans : « T'as les cheveux trop courts et t'as l'air d'un garçon manqué » ? Explique-moi parce que, vraiment, je ne vois pas.

— Il n'y avait pas de compliment ! Je voulais simplement dire que tu serais plus jolie si tu te laissais pousser les cheveux.

Je me mords la langue. Ça veut dire quoi : « Tu serais plus jolie ? » Qu'en ce moment, j'ai l'air de rien ? Que je ressemble à un chien qui aurait passé sa journée sous l'eau ? Que j'ai l'air de m'être fait passer dessus par un tracteur ? Les filles sont compliquées ? Sans blague ! Il y a de quoi, après des commentaires pareils.

— Je crois plutôt que ce sont les gars qui sont compliqués. Pourquoi je devrais avoir les cheveux longs ? Pour être comme toutes les autres filles et ne pas me distinguer de la masse ? Pour entrer comme il faut dans le moule ? Pour être normale ?

Gilligan ne répond pas et s'applique à regarder droit devant lui.

— Vous me faites rire. Dès qu'une fille ne ressemble pas à Jennifer Lopez, vous l'éliminez de votre champ de vision comme si c'était un déchet quelconque sur la rue.

— C'est pas vrai, ça !

Je prends soin de me retourner complètement vers lui pour lui demander :

— Ah, non ? Donne-moi cinq raisons pour lesquelles tu sortais avec Mélyssa. Vas-y, je suis tout ouïe.

Gilligan bredouille quelques syllabes inintelligibles. Puis il redresse les épaules et relève mon défi :

— OK. Je pourrais même t'en donner dix, si tu veux !

— Commence par une, s'il te plaît.

— Très bien... (Il passe sa langue sur ses lèvres.) Mély et moi, on est sur la même longueur d'ondes.

Je lève mon pouce et l'invite à poursuivre.

— Elle a un excellent sens de l'humour...

Au tour de mon index de se déplier. N'en manque plus que trois, Gilligan.

— ... elle est compréhensive, attentionnée et... dynamique !

— C'est son CV que tu viens d'énumérer ?

Nous sursautons tous les deux en entendant la voix de Bajou. Je me retourne vers lui et lui demande si ça fait longtemps qu'il écoute notre conversation. Il me répond :

— Assez longtemps pour deviner de qui vous parlez, en tout cas.

— J'étais en train de prouver à Gilligan qu'il ne s'arrête qu'à des critères superficiels pour classer les filles.

— Et j'ai passé l'examen.

J'éclate de rire et réponds d'un ton ironique :

— Tu ne crois tout de même pas que je vais gober ça ? Si vous étiez tellement sur la même longueur d'ondes, pourquoi est-ce que tu ne voulais pas partir en appartement avec elle ? Vous vous seriez bien entendus, pourtant. Et son sens de l'humour ? Il n'était pas compatible avec le tien ? Et c'est quoi « compréhensive, attentionnée et dynamique » ? Avec des qualités pareilles, ce n'était pas une blonde que tu avais, c'était une mère !

Bajou éclate de rire et je ne peux m'empêcher de glousser devant l'air ahuri de Gilligan. Mais ce dernier n'a pas le temps de se défendre, puisque le son d'une sirène de police et les lumières d'un gyrophare nous interrompent brusquement. Alerté par tout ce remue-ménage, notre conducteur regarde à droite et à gauche en répétant : «Merde !... Oh ! merde !» Il se range donc sur le bord de la route en maudissant le ciel.

Nous restons tous silencieux dans l'auto. Mis à part le doux ronflement des deux enfants, aucun de nous trois n'ose émettre le moindre son, jusqu'à ce qu'un officier de police cogne trois petits coups à la fenêtre de Gilligan. Les lèvres serrées, ce dernier descend la vitre.

— Permis de conduire et papiers d'immatriculation, s'il vous plaît.

Gilligan obtempère sans opposer de résistance et sort les papiers demandés.

— Saviez-vous que vous rouliez à cent vingt kilomètres à l'heure dans une zone de quatre-vingt-dix, monsieur ?...

L'agent de police éclaire le permis de conduire à l'aide de sa lampe de poche.

— ... Monsieur Baptiste Beaulieu ?

Surprise, je me retourne spontanément vers mon voisin en entendant son nom. Puis, voyant que personne ne réagit, j'éclate de rire.

— Baptiste ? Tu t'appelles Baptiste ?

J'éclate de rire de nouveau, incapable de me retenir. Par respect pour son ami, Bajou tente de contrôler son amusement, mais pas pour longtemps :

— D'où tu pensais que ça lui venait, bébé ? Tu croyais tout de même pas qu'on formait un couple, lui et moi ? Ce ne sont pas des petits mots doux que je lui disais à l'oreille. Ce sont ses initiales !

Incrédule, je me retourne vers Bajou, la bouche grande ouverte. J'ai beau penser à autre chose et me mordre le pouce jusqu'au sang, je ne peux tout simplement pas m'empêcher de rigoler, ce qui met Gilligan de plus en plus hors de lui. Les dents serrées, il se concentre à fixer la route droit devant lui en essayant de nous ignorer.

— Ba... Baptiste !... (Nouvel éclat de rire.) Mais il n'y a plus personne qui appelle son enfant Baptiste depuis au moins un siècle !

L'officier de police ne peut cacher son amusement en griffonnant sur son calepin. Son rire se joint bientôt aux nôtres et il nous avoue, en remettant la contravention à Gilligan :

— Quand j'étais petit, j'avais un canari qui s'appelait Baptiste...

Ce qui me fait rire de plus bel, bien évidemment. L'hilarité générale qui règne dans la voiture a vite fait de réveiller Loïc et Cassie, à qui on s'empresse de tout raconter. Ce qui rend Gilligan marabout pour le reste du voyage...

Chapitre 18

— Wow! j'ai jamais vu autant de bons livres réunis dans une même bibliothèque. Ils sont tous à toi?

— En partie. Ce sont surtout les pièces de théâtre qui m'appartiennent. Les romans sont à mon père.

Bon! Encore un point qu'ils ont en commun : les livres. Ça en devient assommant. Depuis tantôt, Bajou et Anouk s'amusent à énumérer la liste de tout ce qu'ils aiment et de tout ce qu'ils n'aiment pas. Je n'ai jamais entendu autant de «Moi aussi!» rassemblés dans une même conversation. «J'adore les moules marinées dans une sauce aux tomates et basilic.» Et l'autre de renchérir : «Quelle coïncidence, c'est mon plat préféré!» «Je déteste la façon dont Fidel Castro dirige Cuba.» Et l'autre de répondre : «Je suis d'accord avec toi, mais avoue qu'au départ l'idée du communisme n'était pas si bête. Suffirait que Fidel l'instaure dans son pays comme du monde et Cuba ferait l'envie de tous les pays capitalistes ». À eux seuls, ils sont prêts à révolutionner le monde.

Moi, je demeure silencieux, la tête renversée sur le dossier du fauteuil à bascule, les yeux fermés, à les écouter argumenter pour un petit pois ou la pire des catastrophes qui est arrivée sur notre planète, laquelle, soit dit en passant, n'en a plus que pour quelques années... Je me contente de hausser les épaules lorsqu'ils se rappellent qu'il y a une tierce personne dans la pièce et me demandent de trancher entre Edward Norton ou Benicio Del Toro comme meilleur acteur américain de notre génération. C'est d'un ennui...

— T'as du Amélie Nothomb dans ta bibliothèque ? Ça alors, jamais j'aurais cru. *Les Combustibles*, l'as-tu lu ?

— Qu'est-ce que tu crois ? On l'a même monté dans mon cours de théâtre à la dernière session.

J'entrouvre les yeux et aperçois Anouk refermer le livre qu'elle tenait dans les mains et citer, d'une voix assurée :

— « Monsieur, vous aurez mon corps, vous n'aurez pas mon âme. »

Bajou, émerveillé, sourit béatement en observant Anouk attentivement. Elle poursuit, sur le même ton :

— « Je me fiche de ce que vous aurez. Moi, j'aurai chaud, et c'est ce qui compte. Il me tarde d'être dans vos bras pour sentir la chaleur de votre corps. Ce n'est pas vous qui abuserez de moi, c'est moi qui abuserai de vous. »

Bajou sort enfin de son mutisme pour se lever lentement de son siège et rejoindre Anouk près de la bibliothèque :

— « Vous aller abuser de moi ? Et comment comptez-vous vous y prendre ? »

Voilà ! C'est reparti. C'est au tour du théâtre de les lier. C'était prévisible, je me demande même pourquoi je ne l'ai pas vu venir. Parfois, leur connivence est presque insupportable. Lorsque j'ai la rare chance de me trouver seul avec Bajou (parce que depuis l'épisode des glissades d'eau Anouk et son petit monstre sont toujours dans nos pattes), je ne peux pas dire un seul mot désobligeant à propos d'elle sans que Bajou me lance la liste de tous mes défauts en pleine figure. Et vlan ! dans les dents ! Plus moyen de taquiner sa belle Anouk parce que MONSIEUR a décidé qu'il faisait d'elle sa petite protégée. Comme si elle n'était pas capable de se défendre seule ! Elle n'a peut-être pas l'apparence d'un lutteur sumo, mais quand elle décide de vous écrabouiller, vous pouvez vous sentir aussi petit qu'une fourmi qui vient de passer au hachoir.

Et puis, à cause d'elle, j'ai même eu une contravention... Quand elle s'est mise à me parler de Mély, ça m'a énervé et je crois que, sans vraiment que je m'en rende compte, mon pied s'est fait plus pesant sur l'accélérateur. J'aurais dû lui demander de m'en payer la moitié. C'était aussi de sa faute. Mais non ! j'ai un trop grand cœur...

J'ai eu de la difficulté à digérer l'incident à propos de mon prénom. Qu'est-ce qui cloche avec Baptiste ? C'est pas moi qui l'ai choisi. C'est pas comme si je m'appelais Gontran, Ovide ou Hortense. Et son prénom, elle l'a déjà regardé ? Anouk... D'accord, le « A » sonne bien à l'oreille et le « nou » tout autant, mais le « k »... On dirait que je roule tranquillement sur l'autoroute au début de son nom et que je fonce soudainement dans un mur de pierres à la fin de la prononciation. Elle croit que c'est mieux ?

Et Bajou ? On n'en parle pas, bien sûr ! Il a les joues les plus creuses que je connaisse mais on ne pose pas de question à propos de l'origine de son surnom. Est-ce qu'Anouk le trouverait aussi charmant, son preux chevalier, si elle savait qu'il a reçu son pseudonyme lors d'un voyage d'échange à Paris, en quatrième secondaire, parce qu'il a relevé le défi d'aller cruiser une petite Parisienne les joues pleines de crottes de fromage ?

— « Laissez-moi deviner : vous vouliez que ce soit vous, le méchant, n'est-ce pas ? Vous vouliez que ce soit moi, la victime ? »

Bon, ils sont partis pour faire la pièce au complet. À entendre les répliques qu'ils se lancent, ça ne sera pas long que je devrai les laisser seuls. Bajou joue son rôle parfaitement. Je le vois dans son attitude. Quand il joue, mon ami est une autre personne. Anouk, elle, tente de suivre, elle a de la difficulté à retenir son fou rire.

Sacrée Anouk… elle me fait faire de l'insomnie, cette fille-là. À cause d'elle, je n'arrête plus de tout remettre en question. Elle a l'air de faire partie de ces filles qui pensent que le quotient intellectuel d'un gars est proportionnel à la mensuration de son organe reproducteur. Dans mon cas, c'est pas parce que je tourne en rond au cégep que... C'est juste un petit moment d'adaptation. Un petit moment de deux ans peut-être, mais j'en profite pour aller voir ce qui se passe ailleurs pour pouvoir mieux me redéfinir par la suite.

Comment j'étais censé savoir, à la fin de mon secondaire, dans quel domaine je voudrais travailler pour les trente prochaines années de ma vie ? Il y en a pour croire qu'à dix-sept ans on a tous une idée claire, nette et précise de ce qu'on veut faire de nos dix doigts de pied ? Pas moi, en tout cas. J'ai tout un monde à découvrir avant d'aller m'enfermer dans un bureau sans fenêtre, sans air pur et sans cloison pour me séparer de mes compagnons de travail...

— Gilligan, viens nous rejoindre ! On a besoin d'un Daniel. Tu cadrerais bien dans la peau d'un Daniel...

Je leur réponds d'une voix neutre :

— Merci, mais... Sans façon. Vous vous débrouillez très bien sans moi.

Anouk me supplie de venir les rejoindre :

— Ah, allez ! Ça va juste te dégourdir les jambes un peu. Tu vas voir, ce n'est pas compliqué ; tu n'as qu'à faire mon petit ami et tu es jaloux parce que tu nous soupçonnes d'avoir couché ensemble.

Hmmm. Quel rôle intéressant. J'en prendrais des centaines comme celui-là.

— L'offre est alléchante, mais… non.

— Gilligan…

— Anouk, laisse tomber. Il n'y a que son nombril qui l'intéresse…

Je serre les dents. Sentant que ma place n'est plus ici, je me lève de mon siège, ramasse mon chapeau et leur dis d'un ton qui se veut calme :

— Ben c'est ça. J'ai tellement de mousse dans le nombril que je vais rentrer chez nous le nettoyer. Comme ça, vous aurez le champ libre pour faire ce qui vous chante et vous n'aurez plus à vous préoccuper de moi.

— Voyons, là ! Qu'est-ce qui te prend ? On ne t'a pas demandé de partir, juste de réagir un peu. T'es assis dans le fauteuil depuis qu'Anouk a mis les pieds ici. Tu pourrais faire l'effort de participer à nos conversations ou de…

— Comme tu l'as dit, ce sont VOS conversations. Pas les miennes. Vous avez l'air d'être tellement sur la même

165

longueur d'ondes vous deux que j'ose pas intervenir.

Bajou se retourne vers Anouk, la bouche grande ouverte et mille points d'interrogation dans les yeux :

— Est-ce que j'ai manqué un numéro? J'ai l'impression d'être dans un mauvais épisode de *Beverly Hills*…

— Oh! arrête de niaiser, Bajou! Ton sens de l'humour fait peut-être encore de l'effet sur Anouk mais moi, j'en ai ma claque. T'es jamais capable d'être sérieux trente secondes, t'es toujours en train de…

— BAA-JOOOOU!…

Je suis stoppé net dans mon élan en entendant Cassie appeler son grand frère dans la cage d'escalier du sous-sol. Exaspéré, Bajou lance un « Quoi, encore? » retentissant. Cassie laisse passer quelques secondes avant de lui crier :

— Lydia est au téléphone! Tu prends l'appel?

Je lève les yeux au ciel. Cassie a le don de toujours arriver au mauvais moment!

Puis un nom me revient lentement à la mémoire, comme des bulles de champagne remontant à la surface d'une coupe.

— Lydia ? Ce n'est pas une fille de la piscine, ça…

J'ai beau creuser dans ma mémoire, je n'associe aucun visage des employées de la piscine au prénom Lydia. Et ce n'est pas l'une de ses cousines éloignées. Je les ai toutes rencontrées lors des fêtes familiales de Noël et aucune ne s'appelait Lydia. À moins que Bajou ait rencontré quelqu'un en dehors de son travail. Sinon, la seule Lydia que je connaisse, c'est cette fille que nous avons rencontrée lors de notre voyage à Paris. Bajou n'aurait jamais gardé contact avec elle sans m'en parler d'abord. Ça ne se pourrait pas ! Il n'aurait pas pu me cacher ça durant toutes ces années.

En voyant mon meilleur ami rougir, je me dis que oui, finalement, il aurait pu me cacher ça tout ce temps…

J'éclate d'un rire peu convaincu en me répétant que c'est impossible.

— Tu n'as tout de même pas gardé contact avec Lydia…

Pour moi, ça va de soi. La question ne se pose même pas. Je ne peux tout simplement pas concevoir que mon meilleur ami ait entretenu une relation avec Lydia, une fille que nous avons tous deux connue, sans m'en faire part !

— Tout dépend de quelle Lydia tu parles.

— Tu sais très bien de laquelle je veux parler. La Lydia de l'autre continent, la Parisienne de notre voyage d'échange, celle que nous avons rencontrée il y a presque cinq ans…Tu continues à communiquer avec elle?

Pour le moment, je suis davantage ahuri que fâché. S'il me répond oui, je crois que les deux bras vont m'en tomber.

— Oui.

Les deux bras m'en tombent.

— Comment est-ce que?… Pourquoi?… Et tu m'as rien dit?

Bajou jette un coup d'œil à Anouk, sagement assise sur un coussin. Le regard qu'ils s'échangent, le petit haussement d'épaules, presque imperceptible, qu'elle effectue en dirigeant maintenant son regard sur moi… Je comprends soudain tout. Comment j'ai fait pour être si stupide? pour ne pas m'en rendre compte avant? C'est évident qu'Anouk était au courant.

Et Anouk le savait?

Je suis déçu. Je n'arrive pas à croire que Bajou ait préféré tout raconter à cette fille que nous connaissons depuis à peine le début de l'été plutôt qu'à son vieux copain. Je sers à quoi, moi ? Je sers à qui ?

— De toute façon, c'est quoi quinze ans d'amitié comparés à quinze jours ? Ça ne fait pas le poids dans la balance…

— Bébé, t'exagères là…

— J'en ai assez entendu pour aujourd'hui. Ne la fais pas trop attendre, ta petite Parisienne ; ça pourrait lui coûter cher d'interurbain…

Chapitre 19

— Excusez-moi, votre visage me dit quelque chose… Est-ce qu'on se connaît ?

Gilligan daigne me jeter un regard méprisant avant de porter son sifflet à ses lèvres et d'avertir un enfant de ralentir ses pas sur le bord de la piscine. Oh, il pourra bien essayer de m'ignorer si ça lui chante, mais il ne supportera pas le supplice longtemps. Je vais tellement lui tomber sur les nerfs qu'il aura vite fait de répliquer ! Je demeure donc comme un piquet à ses côtés, dans l'espoir de le voir m'accorder un peu d'attention.

— Il fait beau aujourd'hui, non ? À la radio, ce matin, ils ont dit qu'on battait des records de chaleur. Il faut en profiter, car c'est l'une des dernières belles journées de l'été, c'est mon petit doigt qui me l'a dit.

Je fais une pause, question de lui laisser le temps de me répondre. Voyant qu'il demeure aussi muet (et aussi intéressant) qu'un mur de briques, j'ajoute :

— Pour ton intérêt personnel, mon petit doigt m'a aussi conseillé de profiter de cette dernière belle journée d'été pour avoir du plaisir avec nos amis et rigoler. Je compte bien faire ce qu'il m'a dit, tu parles ! Ça serait dommage de rester dans son coin tout seul et de bouder...

Première petite flèche... qui n'apporte malheureusement aucun résultat satisfaisant. Je soupire. Il n'y en aura pas de facile.

— Loïc a essayé de m'ignorer pendant deux jours au début de l'été. En premier, je trouvais ça drôle de le voir prendre tous les détours pour ne pas me voir. Il avait tout le quartier, lui, pour me fuir. Pas rien qu'un petit bout d'asphalte chaud, comme un certain *lifeguard* de ma connaissance...

Mis à part un léger tressaillement de sa joue gauche, Gilligan demeure de marbre. Je poursuis :

— D'un côté, je me disais : « Bah... Anouk, laisse-le faire. Il n'a que huit ans. Ce n'est pas comme s'il en avait, je ne sais pas moi… dix-neuf. Ça fait partie de son développement, le stade bouderie. Il va finir par passer par-dessus ». Et tu sais quoi ? Mon petit bonhomme s'est rendu compte que bouder ne réglait strictement rien. À huit ans, tu t'imagines ? Ça m'épate.

Mon interlocuteur jette un coup d'œil à sa montre en soupirant bruyamment. Je m'empresse de le rassurer :

— Il est exactement 14 h 22. On en a encore pour un petit bout de temps à discuter, toi et moi. On n'est pas pressés. Le serais-tu ?

Gilligan me tourne le dos et s'éloigne de quelques pas. Je le talonne de près. J'espère qu'il ne pense pas que j'abandonne aussi facilement, quand même ! Quand je trouve un morceau de choix, j'y mords à belles dents, il peut en être sûr.

— Tiens, ça ne serait pas Bajou là-bas ?

Gilligan fait comme s'il ne m'avait pas entendue, ce qui ne m'empêche pas de poursuivre sur ma lancée :

— Pauvre lui ! Il était dans tous ses états l'autre jour. L'appel de Lydia, toi qui es parti visiblement en colère et qui ne réponds plus à ses appels depuis deux semaines… Quand le ciel décide de nous tomber sur la tête, on dirait qu'il est trois fois plus lourd, non ?

Petit coup d'œil à Gilligan. Il continue de fixer les baigneurs.

— Je pensais à ça tout à l'heure et je me disais… C'est plate qu'une amitié de longue date entre deux amis se termine comme ça, sur un coup de tête, pour une histoire de fille. Surtout quand c'est basé sur un malentendu.

Toujours aucune réaction.

— J'ai déjà connu un gars qui avait vécu cette situation-là. Il s'appelait… Voyons voir, comment il s'appelait déjà ? Un nom qui n'était pas vraiment commun… Aide-moi donc !… Pas Boris ni Ben… Il avait tellement de surnoms ce gars-là : bébé, Gilligan… Mais son prénom, c'était… Baptiste ! Voilà, j'ai trouvé.

Je fais une petite pause, juste pour lui laisser le temps de réagir s'il le souhaite, mais mes efforts ne portent pas encore de fruits.

— Donc, je disais que Baptiste avait un meilleur ami depuis qu'il était tout petit. Ils avaient fait les quatre cents coups ensemble, tu vois le portrait ? On aurait même dit qu'ils avaient été élevés ensemble. L'un ne faisait pas un geste avant d'avoir averti l'autre. Puis un jour, cette fille, sortie de nulle part, arrive dans le décor avec son petit monstre et crée une bisbille entre les deux amis. Elle prenait un malin plaisir à agacer Baptiste, à le taquiner à propos de son prénom, de son ancienne blonde, etc. Elle n'était pas de tout repos. Mais c'était trop facile de faire frustrer Baptiste. Alors elle s'amusait à le piquer, tu comprends? Ce n'était jamais rien de bien méchant.

Les yeux de Gilligan délaissent les baigneurs et son regard fixe le sol. C'est probablement moi qui hallucine, mais j'ai l'impression d'avoir vu un début de sourire se former sur ses lèvres, juste avant qu'il détourne la tête.

— Puis, par une belle journée d'été, ils se trouvent tous les trois dans le sous-sol du meilleur ami, à parler de tout et de rien, de la pluie et du beau temps. La chicane s'est mise de la partie, tout d'un coup, comme ça. Le meilleur ami venait de recevoir un coup de fil de sa copine et Baptiste a accusé l'autre de ne pas lui faire assez confiance pour lui en parler. Il l'a même injustement accusé d'avoir tout raconté à la chipie. Il est parti en claquant la porte et il ne lui a plus jamais parlé. Quinze ans d'amitié ont pris fin à cause d'une peccadille de ce genre-là. Ce qui est le plus triste dans tout ça, c'est que Baptiste n'a jamais pris la peine d'aller voir son ami pour s'expliquer. Pour lui, c'était de la haute trahison, un crime passible de vingt ans d'emprisonnement minimum ! Et parce qu'il n'était pas capable de piler sur son orgueil de gars, il n'a jamais su les vraies raisons, celles pour lesquelles son meilleur ami ne lui avait rien dit à propos de sa petite amie. Une triste histoire, tu ne trouves pas ?

Gilligan se retourne lentement vers moi. Ses deux yeux noirs me fixent sans laisser deviner aucun sentiment. Je soutiens son regard sans broncher. J'essaie de décoder le message dans ses yeux, mais n'y arrive pas. Je me dis que je n'aurais sans doute pas dû pousser autant. Qu'est-ce qui m'a pris de vouloir jouer à Dieu et d'essayer de recoller les morceaux ? Loïc me répète constamment de me mêler de mes affaires. Pour une fois, j'aurais dû suivre son conseil. J'aurais plus de chances de conserver toutes mes dents intactes…

Quelqu'un fait mine de tousser à nos côtés. Je délaisse le regard insistant de

Gilligan (qui commençait à me mettre mal à l'aise) et je m'applique à compter le nombre de tuiles dans le fond de la piscine.

— Euhm… je m'excuse de vous déranger, mais… Beaulieu, c'est à ton tour de surveiller les tremplins.

Je continue de fixer l'eau puis, sentant qu'aucun mouvement n'est amorcé ni par l'un ni par l'autre des sauveteurs, je me décide à regarder Gilligan.

Immobile et silencieux, il continue de me dévisager comme s'il me voyait pour la première fois. Je me sens drôlement petite tout d'un coup. C'est quoi déjà la formule magique pour entrer dans le plancher ?

— Je vais y aller. Merci, Xavier.

Au moins, le chat ne lui a pas mangé la langue. Je soupire de soulagement : le ton de sa voix est calme. Je n'ai plus à m'en faire pour ma survie.

Le fameux Xavier nous regarde d'un drôle d'air, comme si on venait tous les deux de Jupiter. Il lève enfin les yeux au ciel et je le regarde s'éloigner jusqu'à ce que Gilligan penche légèrement la tête vers moi et que ses yeux soient à la même hauteur que les miens.

Je sens mes genoux fléchir. Je m'accroche à son regard pour ne pas tomber. Je peux y lire l'incertitude, l'accablement et la peine qui font rage en lui. J'avale péniblement. De tout l'été qui vient de passer, c'est la première fois que je ne vois pas un Gilligan fier et arrogant. J'ai envie de retirer toutes mes paroles et de m'excuser sur-le-champ. Mais avant qu'un seul mot franchisse mes lèvres, il me demande, d'une voix neutre :

— Est-ce que je peux travailler maintenant ?

Je baisse les yeux en faisant signe que oui. Je crois qu'il a mérité que je le laisse tranquille.

Chapitre 20

Les deux mains croisées sur une planche de sauveteur, les pieds écartés pour avoir un meilleur appui au sol, je fixe l'eau de la piscine sans vraiment remarquer les personnes qui s'y baignent. Je me balance d'avant en arrière en méditant les paroles d'Anouk. Encore une fois, cette fille a réussi à venir me chercher là où je suis le plus vulnérable.

Je soupire.

Au fond, je ne lui en veux pas vraiment de s'être immiscée entre Bajou et moi. Je la trouve même plutôt sympathique sous les airs de dure à cuire qu'elle s'acharne à se donner. C'est sûr qu'elle m'agace avec ses questions, ses commentaires pas rapport sur Mély et moi. Grâce à elle, je ne me serai jamais autant remis en question que durant cet été ! Je lui laisse croire que ses remarques me laissent indifférent, mais au fond tout ce qu'elle a pu me dire jusqu'à maintenant se fraie bel et bien un chemin jusqu'à mon inconscient. Elle me travaille comme aucune fille n'a jamais réussi à le faire, ça, c'est certain! Même Mély, durant tout le temps qu'a duré notre couple, n'a jamais réussi cet exploit. La situation est ironique, non?

Ce qui se passe entre Bajou et moi, elle n'en est pas responsable. Ce serait arrivé d'une façon ou d'une autre. Un jour ou l'autre. On était sans doute mûrs pour un petit accrochage.

C'est juste que de les voir ensemble, lui et Anouk, ça m'agace un peu. C'est comme si Bajou me lançait en pleine figure que son vieil ami ne fait plus le poids. Tout d'un coup, il me relègue au second plan. Ce n'est pas très agréable comme sensation. Anouk arrive comme un cheveu sur la soupe et en moins de quelques semaines elle réussit à devenir la copine de mon meilleur *chum*. J'ai presque envie de lui dire que j'étais là avant elle.

Il me semble que je l'entends très bien me rétorquer: «Serais-tu jaloux, Gilligan?» avec ce petit ton de voix qui me fait grimper aux rideaux. Je ne suis pas jaloux. On est jaloux quand on est amoureux. J'aime Bajou, mais pas à ce point-là. Jusqu'à preuve du contraire, ce sont encore les filles qui m'attirent le plus.

— Beaulieu, c'est à ton tour de prendre une pause.

Ah oui ? Ah bon. Je me dirige nonchalamment vers le cabanon des employés. C'est vraiment à mon tour de prendre une pause ? Il me semble que je suis en pause depuis ce matin. Du moins, ma tête l'est. Un baigneur aurait pu se noyer vingt fois sous mes yeux que je n'aurais pas réagi.

— Tu vas me mettre un petit peu d'entrain dans ce grand corps-là, mon gars !

Tiens, si ce n'est pas Georges.

— Bonjour, patron. Moi aussi, ça va bien.

— Qu'est-ce t'as mangé pour petit-déjeuner pour être aussi mou que ça ? De la mélasse ?

Georges éclate d'un grand rire, comme si c'était la blague de l'année. Je le regarde s'administrer de grandes claques sur les cuisses avec une envie de plus en plus grande de déguerpir.

Voyant que je ne partage pas son humour, Georges me rappelle que rire est une thérapie en soi. Je lui rappelle que pour rire il doit y avoir un contexte amusant.

Mon cher employeur me laisse entrer dans le cabanon après m'avoir lancé un regard assassin. Un de plus ou un de moins, j'ai le dos balafré de milliers et de milliers de regards assassins.

— Ah, tiens, bébé, je voulais justement te parler.

— Salut, Mély. Je suis en pause en ce moment.

— Oui, oui, je sais, ça ne sera pas long. Je voulais mettre les choses au clair : Toi et moi, c'est bel et bien terminé ?

Vous pouvez reculer la cassette au début ? On dirait que j'ai manqué une réplique…

— Je sais, quand on me regarde vite comme ça, j'ai l'air de sortir d'une boîte à surprise, mais c'est parce que celui qui devait être le futur colocataire de Xavier s'est décommandé et Xavier m'a proposé de le remplacer. Et comme tu n'as pas l'air branché pour ce qui est des appartements, je voulais simplement être certaine qu'il n'y avait plus rien entre nous deux et que je…

— Mély... Mély... Ça va. Tu peux faire ce qui te plaît, tu as ma bénédiction.

Elle me fixe quelques instants, la bouche grande ouverte, comme si elle n'était pas certaine que je comprenne ses paroles. Puis, reprenant ses esprits, elle m'adresse un sourire niais et me dit :

— Bien. Très bien.

Elle me lance un dernier regard incertain avant d'enfiler ses lunettes de soleil et me souhaite une bonne journée en passant le seuil de la porte.

Je demeure quelques secondes immobile, en plein milieu du couloir, en essayant vainement de reprendre mes esprits. Anouk, Georges et ensuite Mély... Ne manquerait plus que Bajou.

— Beaulieu, je peux te parler deux minutes ?

Parlant de la cerise sur le *sundæ*...

— Bah... Deux, trois ou même quatre minutes si tu veux ! Pour ce qui reste de ma pause...

Je lui désigne le fauteuil du doigt et il me prie de m'y installer. Je m'y assois donc et m'empresse de déposer ma tête sur le dossier. Je ferme les yeux et, pendant quelques secondes, j'imagine ce que serait ma vie loin de la piscine. Comme elle me semblerait douce et tranquille à côté du rodéo que je suis en train de vivre ! Je soupire et comme Bajou ne semble pas savoir par où entamer la discussion, je le fais à sa place :

— J'imagine que tu veux me parler de Lydia ?

J'entrouvre un œil et observe sa réaction. À moitié assis sur le bord de la table, mon ami s'applique à conserver un air grave et à me regarder bêtement.

— Oui, de Lydia. D'Anouk aussi…

— Seigneur ! on n'est pas sortis du bois. T'es sûr que t'as besoin seulement de deux minutes ?

Bajou ne peut s'empêcher de sourire. Il se lève et se dirige lentement vers la sortie. Après avoir jeté un coup d'œil à l'extérieur, à gauche puis à droite, comme quelqu'un qui préparerait un mauvais coup, il referme la porte et retourne s'asseoir en face de moi en s'allumant une cigarette.

— C'est Georges qui serait content de voir ça ! Son employé modèle enfreindre les lois de la piscine.

— C'est pour une bonne raison.

— Quand il s'agit de filles, c'est toujours pour une bonne raison.

Bajou approuve ma dernière phrase en hochant la tête. Il se gratte le cuir chevelu, prend une bouffée de sa cigarette avant de me révéler son grand secret :

— Lydia s'en vient étudier au Québec.

Je demeure silencieux.

— Elle va venir habiter à Montréal, chez l'une de ses tantes. C'est pour ça, les appels interurbains.

— Ça fait longtemps que tu le sais ?

— Ça s'est concrétisé cet été, mais elle y pense depuis un an déjà.

Je me mords la lèvre inférieure. Un an… J'ai fait quoi, moi, pendant cette année-là ? Je me réinstalle sur le sofa de manière à poser mes coudes sur mes genoux.

— J'ai de la difficulté à comprendre. Oui, on a eu du bon temps avec elle lors du voyage d'échange mais ça fait plus de cinq ans ! Je n'y pensais même plus. Je ne croyais pas qu'elle et toi…

— Je ne t'en ai pas parlé parce que je savais que tu n'allais pas comprendre. J'entendais déjà ce que tu allais me dire : « Bajou, sois réaliste. Il y a un océan complet qui vous sépare. Tu ne la reverras plus jamais, cette fille-là ».

Je souris. Oui, probablement que je lui aurais dit quelque chose du genre.

— Mais… l'aimes-tu ?

Bajou prend le temps de réfléchir avant de répondre :

— Oui, je crois même que je l'aime depuis le début. Mais ce ne sont pas des mots qu'on écrit comme ça, sur un bout de papier blanc, à une fille qui habite à des milliers de kilomètres. Une relation à distance, ça s'entretient mal quand t'as juste les lettres pour lire ses pensées et le téléphone pour les entendre… Je ne pouvais pas lui demander de m'attendre pendant… pendant je savais pas combien de temps. J'étais même pas certain qu'on allait se revoir un jour.

— Est-ce qu'elle est au courant ?

— Qu'est-ce que tu crois ? Tu ne penses quand même pas que je lui décris la température qu'il fait à Montréal quand je lui envoie des lettres. Bien sûr qu'elle le sait. Les lettres sont faites pour parler d'amour.

— Et c'est réciproque ?

— C'était plutôt ambigu au début. Comme j'étais certain de ne jamais la revoir, je me disais que ça allait passer, que c'était juste une amourette de voyage. J'attendais le moment où elle allait cesser de m'envoyer des lettres et j'aurais eu le cœur brisé pendant… bof! deux ou trois jours? Mais elle continuait à m'écrire, à me dire comment elle s'ennuyait de notre trio, qu'on avait eu du bon temps ensemble, etc. J'ai senti qu'elle aussi croyait à quelque chose de plus fort entre nous deux.

Bajou fait une pause et en profite pour s'administrer sa dose de nicotine. Il poursuit ensuite son histoire sur le même ton:

— Encore aujourd'hui, je me demande où notre relation va nous mener. Je ne peux tout de même pas l'empêcher de fréquenter d'autres garçons. Je comprendrais si elle voulait aller voir chez le voisin. C'est pas ce qu'il y a de plus conventionnel que d'avoir un *chum* par correspondance.

— Alors tu sors avec elle… sans vraiment sortir avec elle.

— On est libres tous les deux d'aller voir ailleurs, si c'est ce que tu sous-entends. Moi, je lui suis entièrement fidèle, de pensées comme de corps.

— Et ça te satisfait?

— Pleinement.

Je n'en reviens tout simplement pas! Je tombe des nues. Bajou, le chanteur de pomme, le charmeur de ces dames, le don Juan du quartier, entretient une relation amoureuse depuis plus de cinq ans avec une fille qu'il ne voit jamais. C'est le monde à l'envers.

— Tu m'as l'air surpris.

— Surpris ? Non, pas du tout. Renversé, oui, peut-être, mais surpris, non… En fait, je me demande surtout comment j'ai fait pour ne rien voir.

— T'étais peut-être trop pris dans ta relation avec Mély pour remarquer ce qui arrivait aux autres autour de toi. Faut dire que tu vivais pas mal dans ta bulle. C'était difficile de te parler d'un sujet qui ne concernait pas ta blonde ou ton couple.

— Je n'étais quand même pas si pire que ça.

— C'est parce que tu ne te voyais pas. Même Anouk, qui ne te connaît presque pas, trouve que t'as l'air gaga quand il s'agit de Mély.

— Anouk me trouverait gaga peu importe le contexte. Ça ne compte pas ! Cette fille a des idées préconçues sur ma personne. Il est impossible de l'en faire démordre.

— Avoue qu'à toi aussi il est plutôt difficile de te faire voir ses bons côtés.

Vous êtes aussi têtus l'un que l'autre.
Jamais vu pareilles têtes de mules ! Vous
me faites rire.

Je fais mine de me lever :

— Eh bien ! je suis content que tu
trouves ça drôle. Ça paraît que ce n'est
pas toi qui te fais ramasser par Anouk.

— N'essaie pas ! Tu ne fais pas pitié.
Pas une miette. Et puis, tu n'y vas pas de
main-morte toi non plus, alors…

J'allais répliquer lorsque la porte
s'ouvre en coup de vent sur Georges.
Bajou et moi nous retournons d'un
même élan vers lui. Le nez en l'air, les
sourcils froncés, Georges nous demande
de but en blanc :

— Qu'est-ce que ça sent ici ?

Chapitre 21

Je referme mon livre en expirant bruyamment.

Qu'est-ce que j'ai, bonté divine? Avant, je pouvais dévorer un roman, même s'il était aussi gros qu'une brique, en moins de deux jours. *Le Mystère de la patience*, ça fait plus d'un mois et demi que je le lis et je ne suis même pas encore rendue à la moitié. J'ai de la difficulté à me concentrer. J'ai l'impression de penser à vingt-six choses en même temps. Chaque phrase me fait penser à un autre sujet qui me fait penser à un autre... Ça n'en finit plus! La chaîne alimentaire, c'est rien à côté de la chaîne des idées qui me traversent l'esprit quand je lis.

Je prends une bonne bouffée d'air frais tout en me fermant les yeux. Je me rassure en me répétant que j'ai encore toute ma tête, que je n'ai pas viré sur le capot, que c'est tout simplement un petit manque de concentration, que ça va me passer, que je n'ai qu'à faire le vide dans ma tête, qu'à oublier les cris des baigneurs, ouvrir mon livre et me laisser embarquer dans l'histoire du petit Hans-Thomas...

Tu parles d'un nom, Hans-Thomas! Depuis le début du livre, je me demande s'il faut prononcer « Hanz-Thomasse » ou bien « Anne-Thoma ». Je n'appellerais jamais mon fils comme ça. Des plans pour qu'il n'ait pas d'amis. Bon! Ça y est, c'est reparti. Je m'éloigne de mon sujet principal. Maudit sois-tu, Hans-Thomas!

J'ouvre mon livre aussi brusquement que je l'ai fermé il y a quelques minutes. Je finirai bien par passer au travers! Croix de bois, croix de fer. Si je mens, je vais en enfer. Je me prépare à reprendre ma lecture lorsqu'une ombre s'étend sur mon livre. Comme l'ombre ne passe pas, je me tords le cou pour regarder derrière moi, en portant ma main en visière au-dessus de mes yeux, pour analyser les traits de la personne qui se tient à contre-jour dans mon dos.

— Salut. Ça va?

Plus besoin d'analyser les traits; je reconnaîtrais la voix de Gilligan même s'il était muet. Parce que je suis légèrement importunée par sa présence, je réponds par un monosyllabe qui ne veut dire ni oui ni non et fais mine de m'intéresser à mon roman.

— Tu lis encore ça, *Le Mystère de la patience*? Il me semble que tu le traînes partout avec toi depuis le début de l'été.

Pas obligé de remuer le couteau dans la plaie. Je me suis assez flagellée tantôt, j'ai eu ma dose, merci! Je réponds, plus sèchement que je ne le voulais:

— Tu comprendras que c'est difficile de lire quand on est dérangé à tout bout de champ...

Gilligan s'étire comme un chat avant de compatir à ma situation entre deux bâillements:

— Je comprends ce que tu veux dire...

«Tu n'en donnes pourtant pas l'impression. Si tu étais sincère, tu me laisserais tranquille pour que je puisse enfin terminer ma lecture.»

— Tu n'as pas des baigneurs à surveiller? Des enfants à avertir?

— Nop! Je suis en congé aujourd'hui.

Après un bref instant de silence, il ajoute :

— Bajou l'est aussi d'ailleurs. Pour aujourd'hui et pour les quelques jours à venir, j'ai l'impression...

Un sourire niais illumine les traits de Gilligan. Pourquoi ai-je soudain le sentiment d'avoir manqué un événement important ?

Sans même me demander la permission, Gilligan plie les genoux et se laisse tomber sur le ventre à mes côtés. Je lève les yeux au ciel en refermant mon livre. Plutôt oublier Hans-Thomas et compagnie pour un petit bout de temps.

— Pour ton information personnelle, ça s'est arrangé avec Bajou.

— Très contente.

— On est redevenus de vieux copains, comme avant.

— Mes plus sincères félicitations.

Gilligan me jette un coup d'œil mi-amusé, mi-hésitant :

— T'en mettrais un tout petit peu plus et je pourrais croire que tu es sincère.

Je fais mine de me gratter la nuque. Après tout le trouble que je me suis donné pour que leur conflit se règle enfin, je devrais peut-être faire l'effort de m'intéresser à ce que Gilligan me raconte. Je me redresse donc en position assise et le fixe droit dans les yeux :

— Allez. Raconte.

— Non, je ne voudrais surtout pas te déranger…

— Gilligan ! j'ai déjà perdu le fil de ma lecture au moins vingt fois, alors une de plus ou de moins, ça change quoi ?

— Peut-être que cette fois-ci ça aurait été la bonne. C'est quoi l'histoire ?

— C'est l'histoire d'un gars qui essaie de changer de sujet de conversation. Je n'embarque pas vraiment.

— Ça doit pourtant être intéressant. C'est plutôt inusité, un gars qui change de sujet de conversation.

— C'est aussi inusité qu'une fille qui s'intéresse à une histoire de gars. Plutôt en profiter quand ça passe, non ?

Gilligan me fait une grimace avant de me répondre :

— On a jasé, on a braillé comme des veaux et on s'est serrés dans nos bras. Contente ?

— Vous vous êtes dit quoi ?

— Bof… on s'est raconté des grands pans de nos vies. On avait manqué une couple d'émissions de la vie de l'autre.

— Tu comprends maintenant pourquoi aucune fille ne s'intéresse à vos
histoires ? Parce qu'il y a des gars de ton
espèce qui sont incapables de demeurer
sérieux.

— Anouk, l'important, c'est qu'on a
réussi à mettre les points sur les *i* et à se
parler. Le quand, le comment, le pourquoi, c'est superflu, tu trouves pas ?

— Après, on se demande pourquoi
le taux de suicide est si élevé chez les
adolescents de sexe masculin au Québec. À force de bouffer vos émotions
comme vous le faites...

— Sans vouloir te vexer, si j'avais eu
besoin de consulter un psy, je me serais
référé à quelqu'un de compétent et non
à une fille dans ton genre, qui devrait
elle-même prendre un rendez-vous chez
un docteur de l'âme humaine.

— Tu trouves que je devrais consulter ? Et sous quel prétexte, je vous prie,
monsieur l'inquisiteur ?

— Sous prétexte que tu vas avoir
passé un été complet à lire habillée sur
le bord d'une piscine municipale au lieu
de te mettre en maillot et de te rafraîchir. À mon humble avis, c'est le *sum-
mum* de la psychose. Tu devrais être
internée sur-le-champ.

Avez-vous déjà vu une fille bouchée ? Je veux dire... réellement bouchée ? Ça ouvre la bouche pour répliquer mais ne trouve rien de pertinent à ajouter pour se défendre ou du moins sauver son honneur, ça fait mine de regarder partout, sauf dans les yeux de son interlocuteur, en se grattant entre les deux yeux pour cacher la rougeur qui monte lentement de ses joues jusqu'à la racine de ses cheveux... Mesdames et messieurs, voilà votre chance ! Le dernier spécimen encore vivant se trouve devant vous. Faites vite car elle n'en a pas pour très longtemps. Dans quelques minutes, elle devrait être rendue deux mètres sous terre.

— Tu veux qu'on retourne à ton roman ?

Gilligan me fixe avec un sourire victorieux. Je fais celle qui n'est pas déstabilisée :

— Qu'est-ce que tu veux savoir ?

— Eh bien... l'histoire, pour commencer, et pourquoi tu t'acharnes à vouloir lire un livre de ce calibre lorsque l'école n'est pas encore commencée. Moi, ça m'épate. Je ne lis que lorsque j'y suis obligé et, encore là, c'est plutôt une lecture en diagonale.

— J'imagine que tu es du type cinq mots à la minute ?

— Et toi ? Mille quatre cent cinquante-deux ? Tu veux peut-être une médaille ?

Je fais un sourire crispé. Je pousse peut-être le bouchon trop loin.

— Désolée. Je ne voulais pas insinuer que…

— Que j'étais un deux de quotient ? Non, je sais. Ça ne t'aurait pas ressemblé.

Nous nous taisons tous les deux en souriant. Puis, en continuant de m'observer, Gilligan m'avoue qu'il trouve étrange de me parler ainsi, même s'il ne me côtoie que depuis le début de l'été. Je demeure silencieuse, m'attendant à recevoir une blague d'un instant à l'autre. Voyant qu'il me fixe en attendant une réponse, je lui avoue que moi aussi, ça me fait bizarre. Surtout que je n'aurais jamais cru parler un jour à un garçon dans son genre.

— Pourquoi ?

Les yeux noirs de Gilligan me scrutent comme si j'étais un cobaye de laboratoire. Je me sens soudainement mal à l'aise et détourne le regard. «C'est brillant, ma vieille, de t'aventurer sur un terrain miné comme celui-là…»

— Il n'y a pas beaucoup de baigneurs à la piscine aujourd'hui, non ?

— Non, en effet, il n'y en a pas beaucoup. Mais pourquoi tu pensais ne jamais adresser la parole à un garçon comme moi ?

Je n'y échapperai pas ! Je pose donc mon regard sur mon cher interlocuteur et l'observe longuement avant de lui confesser que je le trouvais insolent et pessimiste au début de l'été. C'est vrai ! Il était toujours là à se plaindre ou à jouer les gros bras, à mettre des petits garçons comme Loïc dehors sous prétexte qu'ils lui avaient manqué de respect ou à chialer sur ses conditions de travail ou à…

— Je suis un gars ! Plutôt normal que je me plaigne, non ?

— Franchement ! Il y a se plaindre à moitié et se plaindre au complet ! La modestie n'a jamais tué personne. Le tiers-monde avait l'air d'un mégaparty à côté de ton exécrable existence.

— Pousse, mais pousse égal ! Et puis, je pense à ça, t'étais pas beaucoup mieux. Je ne te disais pas deux mots que t'avais déjà tes griffes dehors. Tu ressemblais à un chat de gouttière !

— Bon ! Vous êtes encore en train de vous « sssicaner » vous deux ?

Il faut toujours que Loïc arrive aux moments les plus chauds de mes conversations avec Gilligan. Ce dernier lui fait un signe de la main et lui déclare que c'est moi qui ai commencé. Je m'apprête à répliquer lorsque je croise le regard moqueur de Gilligan. Chat de gouttière, han ?

Je me retourne lentement vers Loïc, feignant d'ignorer la remarque de Gilligan, et lui demande s'il est fatigué et s'il veut rentrer. Mon petit monstre m'avoue que Nico l'a invité à dîner chez lui et qu'après ils voudraient passer l'aprèsmidi chez lui pour essayer son nouveau jeu d'ordinateur.

— À la télévision, ce matin, ils disaient qu'il ne va pas faire beau cet après-midi, alors on ne pourra pas vraiment se baigner. Est-ce que je peux y aller ?

Je lui dis que je n'y vois aucun inconvénient et le regarde ramasser joyeusement ses affaires. Puis il fait un signe à Nico et va le rejoindre.

Je le couve des yeux un instant pendant qu'il s'éloigne.

— Ça fait longtemps que tu le connais ?

— Loïc ? Je le garde depuis qu'il a trois ans. En fait, il est le seul et unique enfant que j'ai gardé de toute ma vie. Ça va faire bizarre quand le cégep va commencer. Je ne pourrai pas venir le garder aussi souvent.

— Tu veux dire l'université.

— Quoi ?

— L'université, pas le cégep.

Gilligan me regarde comme si c'était l'évidence même. J'éclate de rire !

— Non, je t'assure. Le cégep.

Gilligan me regarde, pas très sûr des liens qu'il fait dans sa tête. Incertain, il me demande l'âge que j'ai. Je ne réponds pas à sa question et lui demande plutôt l'âge qu'il me donne.

— Au moins vingt, peut-être même vingt et un…

J'éclate de rire !

— Désolée de te décevoir, mais je viens d'avoir mes dix-sept juste avant la fin de mon secondaire.

— Attends ! Tu veux dire que je converse avec une fille de presque deux ans ma cadette depuis bientôt deux mois et je ne m'en suis même pas rendu compte ?

— Oui, en gros, on pourrait résumer notre relation à ça.

— T'as l'air beaucoup plus vieille !

— Merci. J'ai hâte de voir à quoi je vais ressembler à quarante ans !

Gilligan se confond en excuses, m'assure que si je voulais le déboussoler c'est réussi. Il ne s'attendait pas à ça ! Je renchéris sur le ton de la confidence :

— J'ai aussi un mari dans les Hell's Angels et je viens de finir une cure de désintoxication...

— OK... C'est ce que je me disais aussi.

Il m'adresse un sourire complice avant de détourner la tête et de se passer une main dans les cheveux. Sacré Gilligan ! il a l'air d'un tout autre garçon, beaucoup plus en paix avec lui-même qu'au début de l'été. Son regard est moins distant. Plus chaleureux. Ou peut-être que c'est moi qui ai changé et qui le vois différemment.

Je soupire et détourne le regard. Pour combler le silence, je lui demande à quel moment il pensait partir en appartement. Il hausse les épaules en soupirant et s'amuse à agacer un brin d'herbe avec ses doigts avant de m'avouer qu'il n'est plus certain de réaliser ce projet un jour.

— L'école qui va recommencer dans quelques jours, l'argent et tout le bataclan, tu comprends ?

Si je comprends? Il me semble qu'il se trouve des défaites faciles. Et je ne me gêne pas pour le lui faire remarquer. Je croyais que c'était son rêve de partir en appartement, tout seul, sans personne pour s'occuper de lui ou pour lui dire de se ramasser et de faire la vaisselle. Je croyais qu'il voulait être autonome, indépendant de ses parents, qu'il voulait vivre pour lui et par ses propres moyens. Pour une fois que je rencontrais quelqu'un qui était assez courageux pour mettre son projet à exécution, il me déçoit royalement.

Gilligan me regarde la bouche grande ouverte, visiblement décontenancé.

— Tu sais, dans le genre militante, tu ne donnes pas ta place! Tu n'as jamais pensé devenir politicienne? Les citoyens auraient tellement peur de toi qu'ils voteraient sans hésitation pour ton parti. Tu pourrais leur promettre de la neige en été et ils n'y verraient que du feu.

— On peut focaliser sur toi trente secondes? Il me semble qu'on parlait de toi et de tes aspirations futures.

— Anouk, c'est compliqué. Un appartement à Montréal, ça se magasine.

On peut pas louer le premier qui nous passe sous la main sous prétexte que...

— Je trouve que les prétextes, c'est toi qui les fournis assez rapidement. Si c'est juste ça ton problème, je vais aller les magasiner avec toi, les appartements. Dis-moi où et quand et je vais te le dénicher ton petit nid chaleureux.

Il n'en revient pas, ça se voit dans sa figure. Ça paraît qu'il n'a jamais eu affaire à une fille dans mon genre. Il voulait me connaître ? Il me connaît. C'est moi qui ai finalement la surprise de ma vie lorsque Gilligan se lève et me lance en me tendant la main :

— Où et quand ?

Chapitre 22

— T'es certain qu'il devait venir ?

— Il m'a donné sa parole qu'il allait nous rejoindre ici à 13 h 20. Quand Bajou donne sa parole, même un tremblement de terre pourrait difficilement le faire renoncer. De toute façon, il lui reste encore dix minutes avant qu'on alerte la police, p'tite mère...

Anouk se retourne lentement vers moi en esquissant une grimace :

— Ce n'est pas que je m'inquiète pour lui, c'est parce que je suis tannée d'attendre. Il me semble que ça fait plus de quinze minutes qu'on est enfermés dans ta bagnole. Il y a de quoi devenir claustrophobe ! Il y a à peine de la place pour bouger les jambes.

— Rien ne t'empêche de l'attendre dehors. Remarque qu'il pleut à boire debout...

— Je suis certaine que si on avait été à Montréal en ce moment on l'aurait déjà trouvé, l'appartement idéal. À l'heure qu'il est, le propriétaire l'a probablement déjà loué. Tu sais le nombre d'appartements qui sont loués par minute à Montréal ?

— Non je ne le sais pas. Combien ?

— Je ne le sais pas moi non plus, mais je peux t'assurer qu'il y en a beaucoup ! Je suis certaine qu'on vient de manquer notre chance…

— À ce que je sache, c'est pour mon appartement qu'on va magasiner. Pas pour le tien. En ce moment, tu es plus énervée que je ne le suis. Ce n'est pas normal.

— Tu ne vas pas m'en vouloir en plus de souhaiter le meilleur pour toi ?

Sa question flotte entre nous deux sans trouver de réponse convenable. Un silence pesant s'installe dans la voiture et ni l'un ni l'autre on n'ose émettre la moindre parole. À quoi bon argumenter avec elle ? Je gaspille de la salive pour rien.

Je frotte la vitre de la portière pour enlever la buée qui n'arrête pas de s'y former depuis qu'Anouk et moi avons mis le pied dans mon auto. Loïc avait misé juste hier après-midi : le ciel s'est assombri rapidement quelques minutes après son départ et une pluie torrentielle s'est mise à nous tomber dessus. On prévoit cette merveilleuse température pour toute la fin de semaine. Agréable, non ?

— Il est quelle heure ?

— Il lui reste encore cinq minutes.

Anouk se renfrogne sur le siège à côté de moi. Les deux bras croisés sur la poitrine, elle se mordille la lèvre inférieure en balançant nerveusement le pied de sa jambe croisée. Tout en elle est nerveux : des orteils jusqu'à la pointe des cheveux. Elle me fait rire ! Chat de gouttière...

— Peut-être qu'il a eu un accident.

— Peut-être aussi qu'il s'est fait enlever par des Martiens.

Anouk continue à mâchouiller bruyamment sa gomme en penchant la tête de côté pour me lancer un regard noir. Je lui réponds de mon plus beau sourire et l'envie me prend de passer une main dans ses cheveux pour la faire décrisper.

Personne ne m'avait averti que les cheveux de cette fille sont comme la Joconde de Léonard de Vinci gardée précieusement au musée du Louvres à Paris : pas touche ! Mes doigts en ont à peine effleuré la pointe qu'Anouk m'empoigne brusquement le poignet (il a fallu que j'use de tout mon petit change pour ne pas hurler de douleur devant elle) et qu'elle me lance une longue tirade à propos des cheveux difficiles à coiffer et du prix exorbitant des produits capillaires qu'il faut mettre là-dedans si on veut que ça tienne. « Alors, s'il te plaît, ne viens surtout pas mettre tes paluches là-dedans ! »

Elle me lance un regard du genre : « Est-ce que tu as compris le message ? » avant de libérer mon poignet et de se retourner en maugréant que si sa tête avait été un *open house*, elle aurait porté une invitation à tous sur le front.

Je la fixe, abasourdi, et lui réplique tout de go :

— Woh ! ça demeure rien que des cheveux ! Et puis, c'est toi la première qui n'arrêtes pas de passer ta main dedans !

— Oui mais, comme tu dis, c'est MA main. Je sais où je l'ai mise avant...

— Ben c'est ça ! Vas-y ! Insinue que j'ai les mains sales...

— Si les mitaines te font, mets-les.

Si à ce moment la sonnerie de mon téléphone cellulaire ne s'était pas fait entendre, je peux vous garantir que je lui aurais balancé une réplique. Je réponds machinalement d'un « Allô » qui manque de conviction.

— Bébé, c'est toi ?

— Si c'est mon cellulaire, c'est que ça doit être moi.

— Pas le temps pour tes farces plates, là ! Je suis pressé. Je ne pourrai pas venir visiter des appartements avec vous cet après-midi.

— Comment ça ?

— Lydia m'a appelé. Elle vient d'arriver à Dorval. Bon sang, pourquoi elle ne m'a pas averti avant ? Il faut que j'aille la chercher. Je suis énervé ! J'ai pris deux fois ma douche et j'ai viré ma garde-robe à l'envers avant de remettre les vêtements que j'avais choisis au début. Tu te rends compte ? Moi qui me fous habituellement de ce que j'ai sur le dos. C'est incroyable. Bébé, je capote ! Je ne porte plus à terre ! On dirait que j'ai pris onze *espresso* d'affilée. Je ne me reconnais plus !

— Moi non plus… euh… Bajou, est-ce que tu peux décoller ta bouche du récepteur ? D'où je suis, t'as la même voix que Darth Vader…

— Ah, excuse-moi ! C'est mieux ?

— Maintenant, si tu pouvais diminuer le nombre de décibels…

— Quoi ? J'ai de la misère à t'entendre…

— Peu importe. Comment tu te rends là-bas ?

— Je ne sais pas. En autobus et métro, sans doute. Est-ce qu'il y a un métro qui se rend à Dorval ?…

— Je crois pas, non. Écoute, reste chez toi, prends une ou deux valiums. Anouk et moi, on s'en vient dans cinq minutes. On va y aller avec toi.

— Non, non ! Je ne peux pas vous demander ça. C'était votre journée de visites d'appartements.

— Et pour toi, c'est la journée où Lydia arrive. Penses-tu que je vais te laisser aller te perdre dans le fin fond de Montréal ou conduire l'auto de tes parents dans l'état où tu es ? Des plans pour que la ville soit sens dessus, dessous.

— Bébé… je ne sais pas quoi te dire.

— Dis rien. On arrive, OK ? *Bye*.

Je raccroche, quelque peu fébrile (il a réussi à me transmettre son énervement, lui !) et, je l'avoue, soulagé de ne pas avoir à visiter d'appartements. Je ne sais pas si c'est le fait d'être accompagné d'Anouk, mais j'ai l'étrange impression que je ne serais pas sorti de Montréal sans un bail en main. Je ne suis pas certain de vouloir me trouver devant le fait accompli aujourd'hui. Ce n'est pas que j'ai la frousse, mais rien ne presse. J'ai tout mon temps, non ?

— Tu vas aller chercher un appartement dans le bout de Dorval ?

Anouk me regarde, les yeux rieurs, tout en bouclant sa ceinture de sécurité.

— Tu n'es pas obligée de venir si ça ne te tente pas.

— Es-tu fou ? Je ne manquerais pas ça pour tout l'or du monde.

Chapitre 23

Cours à droite, tourne à gauche, contourne des voyageurs égarés, enjambe des valises, des bagages, des enfants, lance des excuses ici et là pour les orteils écrasés ou les grands corps malmenés, joue des coudes et des épaules pour te frayer un chemin parmi la foule. Stop! On arrête! Mauvaise direction. Retourne sur tes pas. Ne passe pas «Go!» et ne réclame pas deux cents dollars. Fais signe à l'autre de se dépêcher, rattrape le premier, zigzague dans les escaliers roulants, arrête brusquement, cogne-toi le nez sur les épaules de l'autre, légère hésitation devant les panneaux d'indication. Les «C'est par où?» exaspérés lancés à répétition, haussement d'épaules: «Je crois qu'on est perdus...» Regards assassins, mauvaise réponse! Meilleure chance la prochaine fois. Pas le temps de reprendre ton souffle, c'est déjà reparti. Vaut mieux courir, même dans la mauvaise direction, plutôt que de perdre ton temps. Fonce dans le tas, baisse-toi pour éviter un bras, esquive de justesse un chariot, t'as pas vu celui qui s'en vient, moins deux morceaux de robot plus la hanche droite en compote, t'as une crampe dans le ventre, le souffle court, la sueur qui coule dans le dos, les mollets qui ramollissent...

— À la table, là-bas. Elle est là ! Je la vois !

Il était temps ! Ralentis, arrête-toi, les deux mains sur les hanches, le corps penché vers l'avant pour mieux admirer le plancher... Relève la tête et tente de mettre un visage sur le prénom de cette fameuse Lydia qui nous fait tant courir depuis le début de l'après-midi.

Tous les clients dans l'aire de restauration semblent attendre. Attendre l'être cher ou un parent qui n'arrive pas. Yeux inquiets, doigts pianoteurs, lèvres qui bâillent... Le temps semble s'être figé pour ces voyageurs fatigués, inquiets ou tourmentés. Certains tremblotent nerveusement devant leurs tasses à café vides. D'autres ne peuvent s'empêcher de compter les minutes accrochées à leur poignet.

Sans même qu'il nous la montre du doigt, je devine qui est celle qui fait battre si fort le cœur de Bajou. Ses valises déposées à ses pieds, elle regarde paisiblement au loin, le sourire en coin, les deux mains posées à plat sur la table entourant une cannette de boisson gazeuse. Elle nous fait dos à moitié et pourtant elle est la seule qui me paraît calme parmi ces gens.

Bajou se retourne vers moi, soudainement inquiet. « Et si elle ne me reconnaît pas ? » Je le rassure en riant doucement, lui frotte le haut du dos pour l'encourager et le presse d'aller la retrouver.

Gilligan fait mine de le suivre, mais je le retiens. Ses yeux se posent sur ma main accrochée légèrement à son avant-bras, puis il lève doucement la tête vers moi et me fixe silencieusement. Je lui souris et lui indique la scène qui se déroule sous nos yeux.

— Laissons-les se retrouver…

*

Mes yeux ne réussissent pas à quitter le visage d'Anouk. J'ignore combien de temps je suis resté debout, au milieu des passants, à la regarder comme un idiot, les bras ballants et la bouche ouverte. Trente secondes de plus et un filet de bave me coulait sur le menton. C'est lorsqu'elle éclate de rire en me demandant si elle a des points noirs sur le bout du nez que je détourne enfin mon regard, embarrassé.

Bajou n'est qu'à deux pas de sa Lydia. Il n'aurait qu'à tendre le bras pour la toucher. Étrangement immobile derrière son dos et la tête légèrement penchée sur le côté, je vois mon meilleur ami observer sa dulcinée le sourire aux lèvres, comme s'il n'arrivait pas à croire la réalité.

Il tend la main, hésite, s'avance encore pour ensuite reculer. Il lève les yeux vers nous. Je lui fais signe de continuer.

— Bon sang! qu'est-ce qu'il attend?

Trop tard. Lydia relève la tête comme si son sixième sens l'avertissait d'une présence tout près d'elle. Elle tourne la tête à droite, puis à gauche. Déçue de ne pas trouver ce qu'elle cherchait, elle baisse la tête et ses épaules s'affaissent dans un soupir.

Elle ne lève même pas les yeux lorsqu'on lui demande si la place en face d'elle est libre. Elle acquiesce mollement en fixant toujours sa cannette de boisson gazeuse. Puis, voyant qu'aucun mouvement n'est amorcé par son interlocuteur, son regard délaisse sa cannette et se dépose sur un Bajou ni plus ni moins troublé qu'elle...

Leurs doigts se tendent, se touchent, s'entrecroisent et leurs mains se cherchent et se trouvent enfin. Leurs regards se fondent l'un dans l'autre et un sourire de ravissement éclaire leurs visages.

Je détourne les yeux pour les laisser à leur intimité. C'est déjà bien assez que je sois témoin de leurs retrouvailles, je ne jouerai pas en plus le rôle de voyeur. Je contemple le bout de mes orteils, observe les personnes autour de moi et dépose finalement mon regard sur Anouk. Il me semble que peu importe où je regarde, mes yeux reviennent toujours vers elle.

— On devrait pouvoir contempler ce genre de scène-là plus souvent...

J'approuve silencieusement en hochant la tête, les yeux toujours fixés sur elle. Un petit garçon en admiration devant sa maîtresse d'école n'aurait pas l'air plus abruti que moi en ce moment.

Une éternité semble s'être passée lorsque Bajou daigne enfin laisser respirer Lydia. Fier comme un paon, il s'avance vers nous, le sourire fendu jusqu'aux oreilles en traînant une petite Parisienne par la main.

Je demeure surpris lorsque Lydia s'avance vers moi en me lançant gaiement un « Bonjour Baptiste ! » Je le suis encore plus lorsqu'elle se penche vers moi, les joues roses et les yeux brillants, pour me donner deux becs sur les joues.

Elle s'écarte de moi, les mains toujours sur mes épaules, et me dévisage longuement en hochant gravement la tête. Je me sens minuscule devant son regard insistant. Je souris bêtement, ne sachant pas trop quoi faire d'autre, et devine qu'une belle teinte rouge doit orner mon visage. Je baisse les yeux pour cacher mon embarras. Elle libère enfin mes épaules, s'excuse à répétition en expliquant que ça fait tellement longtemps, qu'elle ne m'imaginait pas aussi…

— Aussi différent.

Lydia semble enfin remarquer la présence d'Anouk à mes côtés. Elle la dévisage quelques secondes avant de lui sourire chaleureusement en lui tendant la main.

— Tu dois être la petite amie de Baptiste ?

*

Mon corps se fige de surprise. Mes yeux fixent Lydia, puis le Baptiste en question, pour enfin retourner à mon principal sujet d'observation. Je secoue la tête, bredouille, bafouille, cafouille comme une nouille avant d'éclater de rire et de lui serrer la main.

— Non, je ne suis pas sa petite amie. Je suis pire !

Mes deux compères tentent de modérer leur fou rire en voyant l'air de Lydia. Elle hésite, pas sûre de comprendre ma blague. Je la rassure et lui explique qu'on peut, pour ainsi dire, me considérer comme étant l'enfer sur Terre de ce cher Gilligan.

— Disons que je lui donne pas mal de fil à retordre !

Lydia m'avoue ne comprendre « que dalle » à ce que je raconte et c'est bien assez pour qu'on éclate tous franchement de rire.

Un drôle de frisson me parcourt le dos lorsque Bajou me présente finalement comme étant une « amie ». Ça me fait un petit velours de l'entendre parler de moi de cette façon. Surtout lorsque l'on sait que tout l'été Gilligan n'a souhaité qu'une chose : que je me fasse plus discrète. Je me remémore les bêtises, les farces plates et les commentaires pas du tout élogieux que je disais sur sa personne. Je me suis immiscée entre lui et Bajou aussi doucement qu'une bombe nucléaire, je me suis mêlée plus d'une fois des histoires qui ne me regardaient pas, j'ai été baveuse, bornée et j'ai livré une guerre sans merci à Gilligan alors qu'il ne m'avait rien fait. Comment suis-je donc arrivée à recevoir le titre d'amie plutôt que celui de vague connaissance ?

D'autant plus que je n'ai jamais réellement eu d'amis proches. Des connaissances et de bons copains oui, j'en ai eu. Mais quelqu'un avec qui je me sens en confiance et avec qui je peux me permettre d'être authentique, ça, jamais. J'ignore ce que l'avenir nous réserve à tous les trois. Est-ce l'on se sera côtoyés l'espace d'un été, puis plus rien ? Est-ce que dans dix ans on discutera encore de la pluie et du beau temps ? Lorsqu'on se croisera à l'occasion à l'épicerie ou à la buanderie, est-ce qu'on fera semblant de ne pas se reconnaître ?

Et puis, si on passe au travers de l'été et qu'on continue de se voir ensuite, pourra-t-on dire que l'amitié entre garçons et filles peut réellement exister ?...

*

Sourcils froncés, Lydia boit chacune des paroles qui sortent de la bouche de Bajou. Puis, soudainement, ses yeux s'illuminent et elle interrompt les précisions qui lui sont si généreusement fournies. Se retournant vers Anouk, qui ne semblait même plus écouter la conversation autour d'elle, elle lui dit :

— D'accord ! Je vois. Tu es Anouk. Je te replace. Tu es cette fille qui n'hésite pas à remettre Baptiste à sa place.

Puis, en montrant Bajou du pouce, elle nous explique :

— Il m'a écrit une lettre complète à ton sujet. À ce qu'il paraît, tu as viré les vacances de Baptiste sens dessus dessous. J'avais hâte de te rencontrer. Il m'en a tellement fait baver lors du voyage d'échange. Il va falloir que tu me donnes tes trucs pour le faire taire !

Lydia me lance un clin d'œil malicieux. Je rouspète et tente de me défendre en disant que ce n'est pas juste, qu'il y a une conspiration de filles qui en veulent à ma peau. Anouk sort finalement de son mutisme pour rigoler et m'affirmer que je fais vraiment pitié : «À quand le téléthon «Baptiste-Beaulieu-Bébé-Gilligan?»...

Ha, ha! très drôle... Je me demande toutefois à quoi auraient ressemblé mes vacances si Anouk n'avait pas été des nôtres. Sûrement que l'été aurait ressemblé à tous les autres qui l'ont précédé : longs et ennuyeux. Au moins, avec elle, j'ai su développer mon sens de l'humour. Il en faut en quantité industrielle si on veut survivre à ses côtés! Anouk est loin d'être du genre reposante.

N'empêche qu'il faudra penser à mettre sur pied une fondation à mon nom si Lydia se joint à Anouk pour me mener la vie dure.

— Bon, que fait-on?

Trois visages surpris se tournent vers Lydia. C'est plutôt inusité de l'entendre manifester l'envie de faire quelque chose, étant donné le décalage horaire qu'elle a dans le corps. Je n'ai fait que courir à travers un aéroport et il me semble que j'irais bien m'étendre quelque part. Après quelques «Je ne sais pas... c'est pour vous. Qu'est-ce que ça vous tente de faire? Je vous suis, ça ne me dérange pas » qui ne mènent nulle part, Anouk déclare qu'elle a peut-être une idée qui pourrait plaire à Lydia.

— Lydia a sans doute envie de voir du pays, n'est-ce pas ? Et quoi de mieux que de commencer avec un tour guidé de la grande région métropolitaine ? Oh, mais j'y pense…

Anouk se retourne vers moi, un sourire malicieux aux lèvres qui ne me laisse envisager rien de rassurant.

— Tu ne voulais pas aller visiter des appartements aujourd'hui ?

À SUIVRE…

Remerciements

Aux filles et aux enseignantes de TEE du Collège Édouard-Montpetit. Merci pour vos nombreux encouragements, vos félicitations lancées à gauche et à droite entre deux cours et votre intérêt pour ce deuxième « bébé » littéraire.

À Anne-Marie Villeneuve. Merci pour ta confiance et ton implication dans ce second projet.

MEMBRE DE SCABRINI MEDIA

Québec, Canada
2003